PAR A NORMAL

EAUX DANGEREUSES

PARANORMAL

de
Engle & Barnes

ENGLE & BARNES

EAUX DANGEREUSES

JOHNNY RAY BARNES, JR.

Traduit de l'américain par
Pascale FAUX

Titre original :
Strange Matter n° 22 : Dangerous Waters

Publié pour la première fois en 1996
par Montage Books, a division of
Front Line Art Publishing, USA

Loi n° 49-956 du 16 juillet 1949 sur les publications
destinées à la jeunesse : juin 1998

04506 6575

À Andy Goble

En ce temps-là, les gens ramenaient des bébés alligators en souvenir de leurs vacances en Floride, commença Mme Gaddy.

La vieille dame s'arrêta de parler un instant, le visage rêveur. Wendy O'Darby, impatiente, attendait la suite. Elle adorait ces moments passés sous la véranda de Mme Gaddy à l'écouter raconter des histoires fantastiques.

— Je me souviens de ce petit garçon de Fairfield qui voulait absolument un bébé alligator mais sa mère refusait de lui en acheter un. Finalement, le vendeur réussit à la convaincre qu'elle pourrait revendre l'animal adulte à un zoo pour un très bon prix. La mère se laissa fléchir et le petit revint à Fairfield avec son reptile.

Mme Gaddy s'interrompit pour juger de l'effet que produisait son récit sur l'auditoire. Wendy était suspendue à ses lèvres. Ses longues boucles rousses étincelaient au soleil ; ses grands yeux bleus fixaient intensément le visage de la vieille dame. Keri McAlister, elle, faisait la moue, mais semblait prête à se laisser séduire. Quant à Libb Randall, il était évident qu'elle n'écoutait pas. Elle faisait mine de s'intéresser aux massifs de fleurs.

— Mais ce petit garçon avait une sœur, reprit Mme Gaddy. Il passa tout le trajet du retour en voiture à la taquiner avec le bébé alligator. Chaque fois qu'il lui mettait l'animal sous le nez, la petite était terrorisée. De retour à Fairfield, elle connut un véritable enfer : elle découvrait l'alligator dans son tiroir à chaussettes, dans son sac à dos, sous son oreiller. Un jour, le garçonnet lui glissa le bébé reptile dans le col de sa robe. La petite fit une véritable crise de nerfs et la mère décida enfin qu'il était temps de s'en débarrasser.

Wendy dressa l'oreille. L'histoire devenait vraiment intéressante.

— Qu'est-ce qu'elle a fait ?

— Elle a jeté le bébé alligator dans les toilettes. Et son petit garçon a tout vu. Vous imaginez combien il a pleuré.

— Mais c'était très cruel ! s'exclama Keri.

— Attendez ! L'histoire n'est pas finie !

Wendy s'enfonça dans son fauteuil en osier, se réjouissant à l'avance de ce qui allait suivre. Keri leva les yeux au ciel comme pour dire : « Qu'est-ce que cette vieille sorcière va encore inventer ? » Libb faisait semblant de regarder les voitures passer dans la rue.

– L'alligator n'est pas mort ! Il s'est retrouvé dans les égouts... vivant !

Cette fois, même Libb tendit l'oreille.

– Pour se nourrir, l'animal a commencé par manger les petits rats dans leurs nids. Grâce à ce bon régime de chair bien fraîche, il a grandi et grandi...

Keri esquissa une grimace dégoûtée.

– Bientôt, les rats ne représentèrent plus qu'un maigre déjeuner. Pour se sustenter, l'alligator devenu grand prit l'habitude de guetter les ouvriers de l'entretien. De temps à autre, il en attrapait un et le dévorait d'une seule bouchée. Pendant longtemps, ces étranges disparitions demeurèrent inexpliquées. Et puis un jour...

En conteuse avertie, la vieille dame fit une pause.

– Un jour quoi ? demanda Wendy, trépignant d'impatience.

– Eh bien... À force de vivre dans l'obscurité des canalisations souterraines, l'alligator était devenu aveugle. Mais il avait gardé gravées dans un petit coin de son cerveau des images de son enfance dans les marais chauds et ensoleillés de Floride. Et c'est ce petit bout de souvenir qui l'a attiré...

— Dehors ! Il est sorti des égouts ! cria Wendy.

— Exactement !

Et là, Mme Gaddy glissa discrètement la main dans une poche de sa blouse. *Quelque chose* décrivit un arc de cercle et atterrit au beau milieu du groupe.

Les trois filles poussèrent de petits cris effarouchés. Puis Wendy piqua un fou rire.

La vieille dame espiègle leur avait jeté un bébé alligator en plastique ! Une fort bonne copie, il fallait l'admettre !

— Vous êtes... incroyable ! bégaya Keri en dévisageant leur hôtesse comme si c'était une extraterrestre.

— Veuillez m'excuser, les filles. C'est plus fort que moi, fit la vieille dame en se balançant dans son rocking-chair. J'aime tellement ces histoires et j'ai tellement envie qu'on me croie que j'ai peut-être tendance à en faire un peu trop.

— Vous avez raison, renchérit Wendy. C'est tout un art, de raconter les légendes urbaines ! Chaque ville possède les siennes. Et vous, madame Gaddy, vous êtes la mémoire de Fairfield.

Libb se leva, un sourire timide sur les lèvres.

— C'était passionnant. Merci beaucoup de nous avoir diverties cet après-midi, madame Gaddy, mais je dois rentrer. Ma grand-mère vient passer le week-end à la maison et c'est bientôt l'heure du dîner.

— Dis-moi, tu ne m'as pas l'air dans ton assiette ? interrogea la vieille dame en dissimulant mal l'éclat rieur de ses prunelles.

— Je suis un peu perplexe, c'est tout, répondit Libb.

Wendy se leva.

— Ce sont juste des histoires à faire peur, déclarat-elle. Il ne faut pas tout prendre au pied de la lettre.

Mme Gaddy arrêta net le balancement de son fauteuil.

Mais, déjà, les trois filles prenaient congé.

— À bientôt, madame Gaddy ! lança Wendy depuis le bas des marches de la véranda. Et encore merci pour cette petite frayeur !

— C'était avec plaisir, répondit Mme Gaddy en regardant fixement Wendy.

Vaguement troublée, Wendy se demanda pourquoi la vieille dame avait l'air en colère.

2

Elles marchaient d'un bon pas car le temps était à l'orage. À Fairfield, les orages de printemps étaient souvent violents. Déjà, au loin sur les collines, un formidable éclair venait de déchirer le ciel et les grondements du tonnerre se rapprochaient.

Libb avait les nerfs à fleur de peau.

— Tu crois que ces histoires sont vraies ?

— Oui, bien sûr, répondit Wendy. Ou du moins elles sont basées sur des événements réels. Elles sont trop bizarres pour être complètement inventées.

— Moi, je trouve que Mme Gaddy déraille un peu, intervint Keri. Toute cette mise en scène !

— Oh ! Elle a juste voulu corser son histoire. Mais j'en connais d'encore plus impressionnantes ! s'exclama Wendy. Mon oncle a lu celle-ci dans le journal. Écoute bien...

— Ne te fatigue pas pour moi, déclara Libb. J'ai eu ma dose.

— Arrête ! Cette histoire est géniale ! protesta Wendy. Voilà... C'est l'histoire d'une femme qui remarque un superbe cactus chez un fleuriste. Elle se dit qu'il serait parfait devant la baie vitrée du salon. Elle l'achète et le rapporte chez elle. Elle dégage une plante ou deux, bouge un fauteuil et installe le cactus là où il est du plus bel effet. Et devine quoi ?

— Comment veux-tu que je sache ? soupira Libb.

— Le soir même, il ne se passe rien. Mais le lendemain, après le petit déjeuner, elle va admirer son cactus. Et tout à coup, il commence à remuer !

Keri et Libb s'écrièrent ensemble :

— C'est pas possible !

— Mais si ! Pendant quelques secondes, c'est tout le cactus qui gigote. Et puis il s'arrête et il se met à enfler par endroits. Fascinée, la dame reste à l'observer un moment puis elle décide d'appeler le fleuriste qui le lui a vendu. Le vendeur l'écoute sans l'interrompre et, dès qu'elle a terminé, il se met à crier : « SORTEZ IMMÉDIATEMENT DE CHEZ VOUS. ON VOUS ENVOIE QUELQU'UN ! »

— Mais qu'est-ce qu'il avait de particulier, ce cactus ? cria Keri.

Ravie de l'attention qu'elle suscitait, Wendy redressa fièrement la tête.

– La dame se précipite dehors. Cinq minutes plus tard, une camionnette s'arrête devant chez elle. Quatre types en combinaisons blanches et portant des masques à gaz en sortent. Ils se ruent dans la maison tandis qu'un cinquième la tient à l'écart sur la pelouse.

– Mais qu'est-ce qui se passait ? supplia Libb.

– Les types s'approchent du cactus qui a doublé de volume. Il est couvert de cloques et il vibre de la base au sommet. En voyant cela, le chef d'équipe s'écrie : « ON EST ARRIVÉS TROP TARD ! IL N'Y A PLUS RIEN À FAIRE ! TOUT LE MONDE DEHORS ! »

– Et après ?

– Le cactus explose et il en sort des millliers d'araignées qui envahissent la maison. Les hommes, les meubles, le moindre recoin en est couvert. Une vraie catastrophe.

Ces mots furent accueillis en silence. Puis Libb demanda d'une petite voix timide :

– Qu'est-ce qui est arrivé à la dame ? Elle a pu rentrer chez elle ?

– Je ne sais pas. L'histoire ne le dit pas.

– Mais ce n'est pas logique ! protesta aussitôt Keri.

Les journaux n'ont pas pu lâcher une histoire pareille !
Ils ont dû en parler pendant des semaines !

– Eh bien, non ! Les gens n'ont retenu que les
grandes lignes. Je suppose qu'ensuite il ne s'est rien
passé d'extraordinaire, et c'est pour cela qu'on n'en
sait pas plus. Les gens ne s'intéressent qu'à ce qui leur
fait peur.

– Ça, c'est bien vrai, approuva Keri.

– Eh bien, ce n'est pas mon cas, grommela Libb.

De grosses gouttes de pluie s'écrasèrent sur la
chaussée. Les filles pressèrent le pas.

Wendy rentra chez elle le cœur léger. Elle avait passé une excellente journée. Surtout, elle était ravie
d'avoir présenté Mme Gaddy à ses amies. Celles-ci
croyaient volontiers aux histoires de fantômes et aux
récits mettant en scène des monstres, mais elles igno-
raient tout des légendes urbaines. Il était temps
qu'elles découvrent cet univers passionnant.

Wendy avait à peine refermé la porte d'entrée que
sa mère l'appela du salon.

– Ma chérie ! Viens vite ! Je voudrais te montrer
quelque chose !

Wendy sourit. Sa mère avait encore dû acheter quelque chose pour la maison. Et, en général, elle avait un
goût exquis...

PARANORMAL

Wendy accrocha son blouson au portemanteau et alla rejoindre sa mère dans le salon.

– Tu ne trouves pas qu'il est magnifique?

Et Mme O'Darby montra d'un geste enthousiaste le gros cactus qu'elle avait placé devant la grande baie vitrée.

3

Ce soir-là, Wendy et sa mère mangèrent seules car M. O'Darby devait rester travailler tard à son bureau. Wendy mâchonnait en silence, les yeux rivés sur le cactus. Elle n'avait pas fait part de ses craintes à sa mère car elle ne voulait pas l'alarmer inutilement, d'autant que celle-ci avait une peur panique des araignées.

Déroutée par l'atmosphère pesante qui régnait à table, Mme O'Darby s'efforçait de faire la conversation.

– Pourquoi as-tu posé le téléphone à côté de toi ?

– Il se peut que Keri appelle. Et tu sais qu'elle a tendance à ne laisser passer qu'une sonnerie et demie et à raccrocher.

– Eh bien, si le téléphone sonne une fois et demie,

tu sauras que c'est Keri et tu pourras la rappeler. Va le remettre à sa place.

Sans quitter le cactus des yeux, Wendy quitta la table et alla reposer le téléphone sans fil sur son socle.

Dieu merci, le cactus avait l'air aussi immobile qu'une statue !

Mme O'Darby capta le regard de sa fille.

— C'est un endroit parfait pour lui, n'est-ce pas ? fit-elle joyeusement.

— Qu'est-ce qui t'a donné envie d'acheter un cactus ? demanda Wendy en revenant s'asseoir.

— Je crois que j'ai toujours été attirée par les décors du Sud. J'espère que cela plaira à ton père. En tout cas, j'aimerais bien qu'il rentre. Quel orage monstrueux ! J'ai rarement vu une pluie aussi violente.

Tout en écrasant sa pomme de terre en purée, Wendy observait alternativement la rue sombre balayée par des trombes d'eau et le cactus.

Est-ce qu'il bougeait ? Apparemment non, mais les éclairs qui se succédaient à l'extérieur modifiaient sans cesse l'éclairage aux abords des fenêtres et créaient d'étranges effets optiques. Une fois ou deux, elle aurait juré qu'il avait tremblé. Mais avec les changements brutaux de luminosité, c'était difficile de se prononcer.

— Qui te l'a vendu ?

— Freckerman, du *Jardin enchanté*. Il venait de recevoir un arrivage important du Mexique. C'était une promotion. Tu ne manges pas ?

— Si.

Wendy enfourna une grosse bouchée.

— Alors ? Où vous êtes-vous promenées, toi et tes amies, aujourd'hui ?

— ... Mme Gwa-ddi, répondit Wendy, la bouche pleine.

— Wendy ! fit sa mère d'un ton de reproche. Nous t'avons dit de ne pas aller chez cette dame. Nous ne l'avons jamais rencontrée et elle n'habite dans le quartier que depuis deux mois.

— Maman, voyons ! C'est une vieille dame inoffensive.

— Quand même. On ne rend pas visite à des inconnus.

Des éclairs zébrèrent le ciel. Mme O'Darby jeta un coup d'œil anxieux au-dehors. Wendy en profita pour regarder attentivement le cactus. Il avait l'air différent. N'avait-il pas grossi ?

— Quand j'étais jeune, on m'a raconté une histoire au sujet d'une vieille dame qui avait habité dans mon quartier, commença la mère de Wendy.

— Vraiment ! s'exclama Wendy, sa curiosité piquée au vif.

– C'était une femme qui adorait faire la cuisine. Chaque fois qu'elle était invitée à un barbecue ou à participer au buffet d'une œuvre de charité, elle apportait un dessert délicieux : une tarte aux noix de pécan, des cerises enrobées de chocolat, des charlottes à la mousse de framboise... Mais ce qu'elle faisait le mieux, c'était un pâté en croûte d'un goût très... particulier.

– Ce devait être un régal !

– Oui. Enfin, jusqu'au jour où...

– Jusqu'au jour où ? releva Wendy, en faisant mine d'avoir peur.

Décidément, sa mère la prenait vraiment pour une gamine !

Un éclair illumina brutalement la pièce. Le cactus avait frémi, ou n'était-ce qu'une illusion ?

– Jusqu'au jour où une voisine envoya son fils et sa fille demander sa recette de pâté à la vieille dame. Elle reçut fort bien les enfants, leur offrit un verre de jus d'orange et des souris en chocolat. Lorsque les enfants lui eurent expliqué que leur mère aurait aimé avoir sa recette, elle les invita à venir dans la cuisine.

– Et la vieille dame leur a dit qu'elle n'utilisait pas de la viande de poulet dans sa recette, mais de la bonne chair bien tendre de petits enfants !

– Mais comment le savais-tu ? En tout cas, si je te

raconte cela, c'est pour te faire comprendre que même une charmante vieille dame...

À cet instant, la porte s'ouvrit avec fracas et M. O'Darby entra dans le salon.

– C'est le déluge ! Je ne souhaite pas à mon pire ennemi de se trouver dehors par un temps pareil ! s'exclama-t-il tandis que sa femme se précipitait pour l'aider à se débarrasser de son imperméable trempé et de son chapeau dégoulinant de pluie.

– Bonsoir, papa !

Wendy se leva et alla planter une bise sonore sur la joue de son père.

En revenant vers la table, elle pila net.

C'était horrible !

Le cactus avait gonflé. Il était aussi gros qu'un ballon de football et il vibrait !

– Maman ! Papa ! Sauvez-vous ! Le cactus va éclater !

Il y eut comme une détonation. Un nuage noir envahit le salon. Des milliers d'araignées se répandirent dans la pièce.

Wendy plongea sous la table en hurlant. Trop affolée pour pouvoir crier, Mme O'Darby gesticulait dans tous les sens en essayant de déloger les bestioles qui couvraient ses bras et ses jambes.

— Mais d'où ça vient ? Qu'est-ce que c'est ? criait le père de Wendy.

D'un geste, il dégagea le nuage d'insectes de son visage et cracha les quelques bestioles qui s'étaient faufilées dans sa bouche.

Des milliers de pattes picotaient les jambes de Wendy. C'était atroce ! En voulant sortir de son abri dérisoire, elle se cogna la tête contre le plateau de la table et s'étala de tout son long. L'espace d'un instant, elle vit trente-six mille chandelles, mais elle se releva promptement et se rua à la cuisine.

Elle n'avait qu'une obsession : atteindre l'évier. Son cuir chevelu la démangeait atrocement. Elle y parvint en titubant et, ouvrant le robinet en grand, elle plongea la tête sous le jet d'eau froide. Un filet noirâtre d'araignées tournoya dans l'évier et disparut dans le trou.

Peu à peu, elle ressentit un certain apaisement. C'est alors qu'une idée folle germa dans son esprit : *les légendes urbaines sont en train de se réaliser* ; elles existent pour de vrai ! Puis elle se souvint clairement de l'histoire qu'elle avait racontée à Libb et à Keri... Le fleuriste ! Il fallait qu'elle appelle le fleuriste ! Il enverrait une équipe !

Ses mèches mouillées dégoulinant sur ses épaules, elle courut jusqu'au salon. Elle avait la main posée sur le téléphone lorsque son père la saisit fermement par le bras.

— Viens ! On sort !

Mme O'Darby les attendait sous la pluie battante. Le teint blême, elle chassait maladroitement les dernières araignées qui s'accrochaient à ses vêtements.

— Qui voulais-tu appeler ? demanda alors son père.

— Le fleuriste, répondit-elle en claquant des dents.

– Quelle idée ! Appelle plutôt les pompiers.
Wendy s'exécuta.

Une demi-heure plus tard, prévenu par les pompiers, William Montague, le gérant de l'entreprise *Adieu Vermine !*, arriva sur les lieux et entreprit de pulvériser la maison. Lorsqu'il eut terminé, il s'entretint avec M. O'Darby.

Depuis vingt ans qu'il faisait ce métier, il n'avait jamais rien vu de pareil. Évidemment, il circulait des rumeurs concernant des incidents de ce type, mais aucun professionnel sérieux ne leur accordait le moindre crédit. Lui-même n'y avait jamais cru, mais après ce qu'il venait de voir, il devait admettre que ses convictions étaient fortement ébranlées. Pour finir, il s'excusa presque de devoir présenter sa facture. Le montant était astronomique, mais il avait fallu employer des tonnes de produit pour venir à bout de l'invasion.

Wendy alla rejoindre sa mère dans la voiture. Mme O'Darby pleurait comme une Madeleine. Entre deux sanglots, elle se reprochait d'avoir introduit la plante dans la maison. Wendy essaya de la consoler mais n'y parvint qu'à moitié.

Les choses avaient pris une tournure insensée. L'histoire qu'elle racontait une heure auparavant à ses amies venait de se réaliser. C'était terrifiant. Le cœur gros, elle songea qu'elle aimerait confier sa mésaventure à quelqu'un. C'est alors qu'elle se rendit compte qu'elle tenait encore le téléphone sans fil dans sa main.

Elle allait appeler Keri lorsque l'appareil se mit à sonner.

Mme O'Darby laissa échapper un cri.

— Je t'en prie, Wendy ! Éteins cet appareil !

Une sonnerie et demie !

— C'est Keri.

Wendy composa le numéro.

La voix de son amie faillit lui déchirer le tympan :

— Arrêtez d'appeler, je vous en supplie ! Vous nous faites peur ! Arrêtez !

Clic !

Stupéfaite, Wendy recomposa aussitôt le numéro.

La ligne sonna dans le vide.

5

On décrocha à la troisième tentative.

– Allô ? fit une voix.

– Qui est à l'appareil ?

– Bonnie Roeborn. Qu'est-ce que vous voulez ?

– Je voudrais parler à Keri. Je suis Wendy O'Darby.

Il y eut des chuchotements puis Keri prit la ligne.

– C'est toi, Wendy ? interrogea-t-elle d'une voix anxieuse.

– Oui. Mais qu'est-ce qui vous arrive ?

– On n'arrête pas d'avoir des appels anonymes ! C'est horrible !

– Qui est cette Bonnie Roeborn ?

– La baby-sitter. Mes parents sont invités à dîner chez les Pearson.

Wendy s'apprêtait à expliquer sa propre situation, mais elle se ravisa.

– Tu as reçu combien d'appels ?

– Je ne sais pas exactement. Beaucoup. Et...

Des parasites commencèrent à envahir la ligne. La voix de Keri se fit lointaine et saccadée.

– ... ce n'est pas... quelqu'un du collège. C'est quelqu'un qui veut... nous faire peur.

– Qu'est-ce qu'il a dit ?

– C'est Bonnie qui a décroché. Il lui a... demandé si elle...

Un long sifflement noya sa voix.

– Répète, Keri. Je n'ai pas compris.

– Il a demandé : « Surveillez-vous correctement les enfants ? »

– Hein ? Répète-moi ça !

– Il a dit : « Surveillez-vous correctement les enfants ? » C'est d'autant plus bizarre que je suis la seule enfant ici.

Wendy ne répondit pas. Elle fouillait dans sa mémoire, c'est-à-dire dans son stock inépuisable de légendes urbaines. Cette phrase lui rappelait quelque chose...

– Combien y a-t-il de lignes téléphoniques chez vous ? demanda-t-elle enfin, la gorge serrée.

– Deux. Une ligne familiale et une ligne à usage professionnel dans le bureau de mon père.

Wendy blêmit.

– Écoute bien, Keri ! Les légendes urbaines sont en train de se réaliser ! Je connais une histoire similaire à celle que tu es en train de vivre et, moi, je viens de subir celle que je t'ai racontée tout à l'heure. Je sais de quoi je parle ! Les appels proviennent de chez toi, Keri ! Du bureau de ton père !

À l'autre bout du fil, Keri poussa un cri désespéré.

– Qu'est-ce que cela signifie, Wendy ? demanda alors Mme O'Darby. Pourquoi cries-tu au téléphone ?

Le combiné toujours collé à son oreille, Wendy répondit :

– Keri a des ennuis, maman ! Quelqu'un s'est introduit chez elle !

À l'autre bout, on arrachait le téléphone des mains de Keri.

– Mais qu'est-ce que tu lui as dit ? criait Bonnie Roeborn dans le combiné. Tu es folle ! Tu l'as complètement affolée !

– Je lui ai dit la vérité. Il y a quelqu'un qui l'appelle depuis chez elle !

– Tu es complètement cinglée ! Ciao !

Elle raccrocha.

Wendy n'en revenait pas. À cause de sa stupidité, cette baby-sitter irascible était en train de mettre sa propre vie et celle de Keri en danger !

— Maman ! Emmène-moi chez Keri. Elles ne veulent pas me croire, mais il y a quelqu'un chez elle !

Avant que Mme O'Darby n'ait eu le temps de répondre, le père de Wendy monta dans la voiture.

— Papa, s'il te plaît ! Emmène-moi chez Keri tout de suite. Je t'en supplie ! C'est une question de vie ou de mort.

6

La pluie frappait le pare-brise avec une rare violence.

M. O'Darby conduisait lentement. Après la requête de sa fille, il s'était installé au volant sans poser de questions. Wendy n'avait pas l'habitude de mentir et, après ce qu'ils venaient de vivre, il se disait que tout pouvait arriver.

Il y avait déjà deux voitures devant chez les McAlister. Les parents de Keri étaient là, ainsi que la voiture du shérif Drake.

M. O'Darby se gara le long du trottoir, coupa le contact et courut parler à M. et Mme McAlister, engagés dans une conversation avec le shérif. Keri, elle, attendait dans la voiture de ses parents. En voyant sa camarade, et malgré l'interdiction de sa mère, Wendy ouvrit la portière et se précipita dehors.

Une fille, abritée sous un large parapluie noir, vint se mettre en travers de son chemin.

– Wendy O'Darby, je suppose !

À sa voix, Wendy reconnut aussitôt Bonnie Roeborn.

– Ils ont trouvé quelqu'un ?

– Tu parles ! siffla l'autre. Après ton coup de fil, Keri était dans tous ses états. Il a fallu que j'appelle ses parents et le shérif. Il est arrivé le premier et il a fouillé toute la maison. Et devine quoi ? Il n'y avait personne. Rien. Tu peux te vanter d'avoir créé une belle pagaille !

– Que veux-tu ! Je m'ennuyais ! ironisa Wendy en contournant la baby-sitter.

Elle ouvrit la portière. Keri était assise raide comme un piquet, les yeux rouges d'avoir pleuré.

– Alors ? Ils n'ont rien trouvé ?

Keri hocha mécaniquement la tête.

– Et maintenant, que vas-tu faire ?

– Je ne sais pas, fit Keri d'une toute petite voix. En tout cas, je ne dors pas ici ce soir.

– Moi non plus, je ne peux pas dormir chez moi. On n'a qu'à demander à Libb si elle peut nous héberger.

Une demi-heure plus tard, M. et Mme O'Darby déposèrent les filles devant la maison de Libb Randall et patientèrent dans la voiture.

31

M. Randall apparut sur le seuil en pyjama. Réprimant un bâillement, il leur fit signe d'entrer.

– Bonsoir, les filles. On vous a préparé la chambre d'amis. Libb dormira dans le salon, car sa grand-mère occupe sa chambre. En fait, elle restera sans doute avec vous un moment. Vous pouvez compter sur elle pour vous faire la conversation. C'est un véritable oiseau de nuit, cette femme-là ! ajouta-t-il en leur décochant un clin d'œil malicieux.

Là-dessus, il fit un grand geste qui se voulait rassurant à l'intention des parents de Wendy. Ceux-ci hochèrent la tête et sourirent, puis M. O'Darby manœuvra la voiture pour faire demi-tour.

Dans le salon, Wendy et Keri trouvèrent Libb en train de regarder la télé en compagnie de sa grand-mère, qui était assise dans le rocking-chair.

– Bonsoir, les filles. Ravie de vous voir, claironna la vieille dame.

– Bonsoir, madame Randall, répondit Wendy.

Keri força un sourire sur ses lèvres et marmonna deux syllabes indistinctes.

Libb tapota le coussin du canapé et ses amies vinrent s'installer près d'elle.

– Alors ? Qu'est-ce qui vous est arrivé ?

– Aujourd'hui, ma mère a acheté un cactus. Il a

explosé et la maison a été envahie par les araignées, expliqua Wendy.

— Mince !

— À cause des insecticides, la maison ne sera pas habitable avant plusieurs jours. Mes pauvres parents vont devoir rester chez ma grand-mère...

La grand-mère de Libb tiqua imperceptiblement.

— Comme dans l'histoire que tu nous as racontée ! reprit Libb.

— Exactement...

— Et elle ? fit Libb en montrant Keri du menton.

Visiblement très secouée, celle-ci fixait l'écran de télévision d'un air absent. Elle ne tourna même pas la tête.

— Libb, tu te souviens de cette histoire au sujet d'une baby-sitter qui recevait des appels anonymes ? demanda Wendy. Le correspondant lui demandait si elle surveillait correctement les enfants.

— Oui. D'ailleurs, je crois qu'ils en ont fait un film, non ? Les appels provenaient de l'intérieur de la maison.

— C'est ça. Eh bien, Keri a vécu la même expérience ce soir. Tu comprends ce qui est en train de se passer, maintenant ?

Libb fit la moue.

– Tu n'exagères pas un peu ?

Wendy allait répondre quand la vieille Mme Randall les interrompit.

– Vous n'avez rien entendu ?

Wendy et Libb échangèrent un regard. Décidément, ça ne s'arrangeait pas : M. Randall était allé au lit en éteignant les lumières. À l'exception du rond jaunâtre de la lampe du salon, la maison était plongée dans l'obscurité. Et à présent, la vieille Mme Randall imaginait des bruits !

Wendy réprima un soupir de lassitude.

– Vous n'entendez vraiment rien ? insista Mme Randall. On dirait que ça vient de la porte.

Les filles retinrent leur souffle.

Mamie Randall avait raison. Au début, on aurait dit le bruit du vent. Mais le son se fit plus fort et plus précis.

Quelqu'un, ou quelque chose, grattait contre la porte !

Mme Randall se leva prestement de son rocking-chair.

– Ne bougez pas, je reviens tout de suite.

– Mamie ! Non ! protesta Libb.

Keri glissa sur le canapé et vint se coller contre Wendy.

Comme si elles étaient en train de visionner un film au ralenti, les filles regardèrent la vieille dame s'approcher de la porte puis poser la main sur la poignée.

Soudain, Libb jaillit du canapé et vola au secours de sa grand-mère. Déjà, celle-ci ouvrait la porte.

Wendy et Keri préférèrent fermer les yeux.

Une seconde plus tard, elles entendirent ce cri de soulagement :

– Nino !

Éberluées, elles découvrirent un petit chihuahua blanc qui frissonnait sur un imperméable détrempé étalé sur le seuil.

Mme Randall se pencha et ramassa le chien qu'elle serra contre son cœur.

— Petit garnement, va ! Comment as-tu fait pour sortir ? Viens vite que je te sèche avant que tu n'attrapes froid !

Là-dessus, elle fit demi-tour et trottina en direction de la cuisine. Libb reprit sa place sur le canapé.

— C'est le chien de mamie. Je me demande vraiment comment il a bien pu s'échapper. S'il a profité de votre arrivée tout à l'heure pour se faufiler dehors, on n'a rien vu.

Un bruit de clochette leur fit tourner la tête.

Keri fit un bond de deux mètres sur son siège.

— Qu'est-ce que c'est ?

— Le micro-ondes, expliqua Libb. Elle doit être en train de réchauffer de la nourriture pour Nino. Savez-vous que je lui ai appris à se servir du micro-ondes pour la première fois cet après-midi ? C'est là qu'on se rend compte du fossé entre les générations, poursuivit-elle d'un ton un tantinet sentencieux.

En entendant cela, Keri sursauta. Le sang se retira de ses joues.

– Ça me rappelle une histoire que tu m'as racontée ! gémit-elle en regardant Wendy. Ça parlait d'une vieille dame qui sèche son chien dans le...

– Oh, non !

Les trois filles se ruèrent dans la cuisine. Elles arrivèrent à l'instant précis où Mme Randall s'apprêtait à enfoncer le bouton *start*. Le petit chien gémissait derrière la vitre du four.

– Mamie ! Arrête ! hurla Libb.

Vive comme l'éclair, Wendy retint la vieille dame par le poignet et ouvrit la porte du four pour libérer le petit chien.

Mme Randall jeta un coup d'œil interrogateur aux filles. Wendy s'occupa de sortir le petit chien terrorisé de ce qui avait bien failli être son cercueil.

Mal à l'aise, les trois filles contemplaient la vieille dame en se dandinant d'un pied sur l'autre. Que dire ? Finalement, Libb rompit le silence.

– Ce n'est rien, mamie. Nino va bien. Mais tu as failli le tuer, tu sais. Un micro-ondes, c'est un four !

Mamie Randall fit brusquement demi-tour en marmonnant.

– Il y a quelqu'un à la porte.

Interloquées, les filles la suivirent.

Elle ouvrit la porte.

Un jeune homme en habit de soirée se tenait sur le seuil.

— Bonsoir, madame Randall, fit-il sur un ton extrêmement poli.

— Bonsoir. Que puis-je faire pour vous, mon garçon ?

— J'ai oublié mon manteau chez vous lorsque j'ai déposé Amanda tout à l'heure. Nous avons passé une merveilleuse soirée au bal.

Mamie Randall pinça les lèvres.

— Jeune homme, il est impossible que vous ayez emmené ma fille Amanda au bal ce soir. Laissez-moi vous expliquer : Amanda est morte il y a exactement trente et un ans ce soir. Vous savez, vous n'êtes pas le premier à venir me demander où est ma fille, ajouta la vieille dame en se baissant pour ramasser l'imperméable roulé en boule sur le parquet près de la porte. Excusez-moi, mais il doit être un peu froissé.

Les yeux du garçon se mouillèrent de larmes. Il étudia quelques secondes le visage de Mme Randall puis, d'un coup, tourna les talons et disparut dans la nuit.

La vieille dame referma la porte comme si de rien n'était.

Stupéfaites, les filles se regardèrent en silence. Wendy fut la première à parler.

– Tu me crois maintenant, Libb ?

En guise de réponse, celle-ci se contenta de hocher la tête.

Le plus paisiblement du monde, mamie Randall retourna s'asseoir dans son rocking-chair.

8

Les filles se faufilèrent dehors pour tenir conseil dans le jardin. La pluie avait cessé.

— Alors, elle n'a rien inventé ? demanda Wendy à Libb.

— Non. Tante Amanda est vraiment morte il y a trente et un ans en revenant d'un bal. Son chevalier servant avait bu et ils ont eu un accident de voiture. Apparemment, son fantôme hante les types qui vont au bal sans cavalière.

— J'ai déjà entendu cette légende quand j'étais petite, intervint Keri.

— Bon, voilà ce que je pense, dit Wendy. Les légendes urbaines sont en train de se réaliser et, pour une raison qui m'échappe, elles se cristallisent autour de nous. À mon avis, le mieux que nous ayons à faire, c'est d'aller interroger Mme Gaddy.

Libb haussa les épaules.

– Tu crois vraiment qu'elle peut nous aider ?

– Je l'ignore. Mais ce qui est sûr, c'est qu'elle en sait plus sur ces histoires que n'importe qui à Fairfield.

– D'accord, fit Libb en soupirant. Alors allons-y parce qu'il faut qu'on soit vite rentrées. Si mon père apprend que nous sommes sorties, il nous bottera les fesses.

Cette vision d'un autre âge déclencha une crise de fou rire, d'autant que M. Randall était d'un flegme à toute épreuve. C'est quelque peu rassérénées que les trois amies s'en allèrent à grandes enjambées rendre une petite visite à Mme Gaddy.

9

La lumière de la véranda était allumée et Mme Gaddy était assise sur son rocking-chair qui grinçait doucement. Elle semblait perdue dans ses pensées.

Les filles s'avancèrent lentement de façon à ne pas la surprendre.

— Madame Gaddy ? chuchota Wendy du bas des marches.

— Les filles ! Quel bon vent vous amène ?

Comme le plancher de la véranda était encore humide de pluie, les trois amies ne purent s'asseoir par terre et restèrent debout autour de leur hôtesse.

— Il se passe de drôles de choses, madame Gaddy, annonça Wendy en guise de préambule.

— Ah bon ? Qu'est-ce qui vous arrive ? Tu as l'air bien grave, mon enfant, fit Mme Gaddy en dévisageant Wendy.

– Les histoires que vous nous avez racontées... elles se réalisent ! C'est... affreux !

– Et en plus, elles arrivent toutes en même temps ! précisa Libb.

Mme Gaddy parut réfléchir puis, les yeux rieurs, elle répondit :

– Mais si ces histoires étaient vraies autrefois, pourquoi ne le seraient-elles pas aujourd'hui ? Bon, racontez-moi tout. Je vous écoute.

– Chez moi, un cactus a explosé ! Des *millions* d'araignées nous ont envahis !

– J'ai été harcelée par un dingue au téléphone !

– Ma grand-mère est devenue à moitié folle !

La vieille dame sourit.

– Ces histoires n'arrivent-elles qu'à vous ?

Les filles haussèrent les épaules. À leur connaissance, elles étaient les seules dans ce cas. Évidemment, il circulait sans cesse des rumeurs au sujet d'événements étranges, mais jamais on n'avait entendu parler de légendes urbaines qui devenaient réalité.

– Mais pourquoi nous ? geignit Keri.

– L'étrange est difficile à expliquer. À mon avis, les légendes se révèlent parce que vous vous en êtes moquées au lieu de les prendre au sérieux.

– Pas du tout ! protesta Keri.

— Mieux vaut être honnêtes si on veut avoir la chance d'y voir clair, décréta Wendy. Tu n'y crois pas du tout. Tu as même dit : « Je pense que Mme Gaddy déraille un peu. »

Keri piqua un fard.

— Mais non, madame Gaddy. Je faisais seulement allusion à la *façon* dont vous nous avez raconté l'histoire.

— Oh ! mais j'ai l'ouïe fine, glissa la vieille dame.

— Mais pourquoi s'en prendraient-elles à moi ? demanda Wendy. Je les adore ! Je les raconte même au collège !

— Il est possible aussi que ton enthousiasme leur ait insufflé une énergie nouvelle. Cela leur aura donné envie de se manifester dans la vie réelle. Ainsi, on ne se moquera plus de toi lorsque tu en raconteras une.

— Elles s'en prennent à moi aussi alors que j'y suis indifférente, dit alors Libb.

Mme Gaddy enleva ses lunettes et porta un regard grave sur elle.

— Une oreille indifférente est le pire affront que peut subir une histoire, car la personne qui n'écoute pas n'en retire rien : ni le bon ni le mauvais. Sans attention, un récit n'existe plus. Il meurt.

— Donc, on ne peut rien faire. Les légendes sont en train de se réaliser et c'est tout.

Mme Gaddy secoua la tête.

– Ce n'est pas si simple. En général, il existe une origine à ces manifestations. Quelqu'un ou quelque chose tente d'attirer votre attention en utilisant les légendes.

– Qui ça peut être ? demanda Wendy.

– C'est un mystère. Mais je crois que j'ai une petite idée sur la façon dont vous pourriez vous y prendre pour le découvrir.

Les filles dressèrent l'oreille et attendirent ce qui allait suivre.

– Vous aurez sans doute remarqué que les histoires se réalisent à l'endroit précis mentionné dans chaque légende. Je vous conseille donc de choisir une légende qui vous est chère et de vous rendre sur le lieu où elle est censée se produire. Ainsi, vous aurez toutes les chances de glaner des indications qui vous aideront à découvrir qui cherche à se manifester.

La proposition de Mme Gaddy plongea les filles dans un abîme de réflexion.

Keri interrogea la première ses compagnes.

– Qu'en pensez-vous ?

– C'est une piste, marmonna Libb.

– D'accord, fit Wendy. Demain, on choisira une légende et on se rendra sur place et...

— Je pense plutôt que chacune devrait opter pour un lieu séparé, interrompit la vieille dame. Trois terrains d'enquête valent mieux qu'un.

Wendy croisa les bras, adopta une mine pensive puis se tourna vers ses camarades.

— Je suis sûre que Mme Gaddy a raison. Et puis, qui sait ? Peut-être s'amusera-t-on comme des folles ! On n'a qu'à bien choisir les légendes. Certaines sont si drôles !

Keri poussa un profond soupir.

— D'accord, finit-elle par dire. J'espère qu'on n'aura pas à le regretter.

10

Tout naturellement, Wendy avait choisi l'*Épicerie centrale* comme terrain d'enquête. C'était la plus vieille épicerie de Fairfield, et Ron, le propriétaire, n'avait rien changé à sa boutique depuis trente ans. La caisse enregistreuse affichait le montant des achats sur des languettes en plastique. Les glaces étaient stockées dans de gros placards réfrigérants aux formes arrondies et les boissons froides dans de vieux distributeurs à pièces qui faisaient un tintamarre du diable quand les bouteilles dégringolaient.

Les sodas étaient la raison principale de la présence de Wendy. D'abord, ils étaient toujours très frais et Ron ne proposait que les meilleures marques. Ensuite, ils faisaient l'objet d'une légende saisissante.

Le visage dissimulé par un exemplaire ouvert de *L'hebdo planétaire* (périmé de trois semaines), Wendy lorgnait le fameux distributeur de sodas depuis son poste d'observation au rayon de la presse.

Son regard fut accroché par un sachet au rayon des bonbons. Des Pop Rocks ! Alors qu'elle croyait qu'on n'en faisait plus. Elle se promit d'en acheter un peu plus tard.

Patience ! Patience ! se répétait-elle.

Depuis le client de tout à l'heure, qui avait acheté un sac de charbon de bois, il ne s'était rien passé. Et ce que Wendy attendait, c'était un amateur de soda.

Elle reposa son magazine et en choisit un autre. Cette fois, c'était *La Vie à 20 ans*. Elle fit mine de s'intéresser aux conseils de beauté. Dix minutes plus tard, elle jeta son dévolu sur une revue consacrée aux bateaux. Elle éprouva un certain plaisir à feuilleter ces pages remplies de photos de magnifiques voiliers.

Après un temps, elle consulta la pendule au-dessus de la caisse : cela faisait une demi-heure qu'elle était là et, à la mine sourcilleuse de Ron, il était clair qu'il en avait assez de la voir traîner dans son magasin sans rien acheter.

Elle alla cueillir un paquet de Pop Rocks dans le rayon. Au moment où elle se demandait si elle ne ferait pas mieux de payer les bonbons puis de revenir à son poste d'observation, elle entrevit une silhouette sur le parking.

Un gros bonhomme entra dans la boutique en s'épongeant le front.

— Salut, Ron ! Quelle chaleur ! Et ne me dis pas que tu n'as plus de ces sodas bien frappés qu'on ne trouve que chez toi ! Ça fait au moins une heure que j'en rêve.

— Sers-toi, Bill. Mes machines sont bourrées à bloc et n'attendent que les clients !

— Dieu soit loué ! s'écria Bill. Ma voiture est tombée en panne à l'entrée de la ville et il a fallu que je vienne à pied jusqu'ici. Je vais appeler la société de dépannage et, après, je me repose cinq minutes en buvant le soda le plus frais du canton !

Nous y voilà ! songea Wendy, le cœur battant.

À cet instant, elle éprouva un drôle de sentiment d'appréhension mêlé d'amusement : la légende qui était sur le point de se dérouler était sa préférée.

Elle jeta un coup d'œil alentour, au cas où un signe de ce qui allait suivre se manifesterait : elle ne décela rien de particulier, à part Ron qui l'observait attentivement. Visiblement, il s'était rendu compte qu'il y avait anguille sous roche.

Le gros bonhomme se dirigea vers le distributeur, farfouilla dans ses poches.

— Oh ! non ! gémit-il. Il me manque vingt-cinq *cents* ! Tu peux me les avancer, Ron ?

— Pas question ! cria le commerçant. Tu me fais le coup à chaque fois et j'en ai assez ! Avec quoi je vais payer la facture d'électricité, moi ? Mes frigos ne marchent pas par l'opération du Saint-Esprit !

Il ne manquait plus que ça ! Wendy se mit à chercher fébrilement dans ses poches. Finalement, elle extirpa les vingt-cinq *cents* requis et s'approcha du gros bonhomme, un sourire radieux sur le visage.

— Excusez-moi, monsieur. Tenez, je suis ravie de pouvoir vous rendre ce service. Après ce qui vous est arrivé, vous méritez vraiment une bonne boisson bien fraîche !

Un peu surpris, Bill la dévisagea quelques secondes puis prit l'argent sans sourciller.

— Très aimable à vous, jeune fille. Je vous revaudrai ça un jour.

Il se retourna vers Ron.

— Heureusement que quelqu'un ici pense que le client est roi ! tonna-t-il.

— Cause toujours... marmonna l'autre.

Bill introduisit les pièces dans la machine. Il y eut des cliquetis de ferraille, un bruit de tambour, comme si un couvercle en métal dévalait des escaliers, puis, après un dernier *boum !* la bouteille de soda roula dans le réceptacle.

Bill s'en empara et porta goulûment le liquide à sa bouche. Il avala une grande gorgée en faisant des bruits de tuyauterie puis il s'accorda deux secondes de pause.

De nouveau, il colla le goulot à ses lèvres tout en marchant vers la caisse. Soudain, il se mit à tousser, en crachant par terre.

— Ça a un drôle de goût ! déclara-t-il.

— Tiens donc ! Ce devrait être délicieux. C'est pratiquement gratuit ! rétorqua Ron.

— Je sais ce que je dis, maugréa Bill en sortant vider la bouteille sur le trottoir.

Une petite boule marron apparut au milieu du liquide.

— Qu'est-ce que c'est ? demanda Ron.

— Une souris ! Il y a un cadavre de souris dans mon soda ! hurla Bill, les joues cramoisies.

Wendy se réjouit intérieurement. Les choses survenaient aussi fidèlement que dans la légende. Si ça continuait comme cela, ça promettait d'être passionnant...

Malheureusement, il se produisit un couac dans le scénario. Ron l'empoigna sans ménagement par le bras.

— Dis donc, toi ! Tu rôdes ici depuis près d'une

heure. Tu attendais que ça arrive, j'en mettrais ma main au feu ! C'est toi qui as mis la souris dans la bouteille !

Wendy accusa le choc. Une évidence s'imposait : à partir de maintenant, il allait falloir improviser. Sur ce qui était en train de lui arriver, la légende était muette.

Mais je n'ai rien fait ! hurla Wendy en se débattant. D'ailleurs, j'ai peur des souris ! Lâchez-moi tout de suite !

Le gros bonhomme – qui transpirait abondamment – observait Wendy d'un air pensif.

Tout à coup, il s'écria :

– Mais je te connais ! Tu es Wendy O'Darby, la fille de Gregg O'Darby ! C'est toi qui tues des souris pour empoisonner les boissons des gens !

– Bien sûr que non ! cria Wendy, partagée entre le désespoir et la colère.

– Bill, appelle le shérif Drake, lança le propriétaire de la boutique. Dis-lui qu'on a attrapé une saboteuse. Elle s'expliquera avec lui.

Bill se précipita dans le magasin.

– Lâchez-moi !

Soudain, elle écrasa le pied de Ron qui se dégagea en glapissant.

Wendy en profita pour courir à sa bicyclette, appuyée contre le mur à l'angle du magasin. Mais, bon sang, quelle était donc la combinaison du cadenas ?

Elle fit confiance à son intuition. Il y eut un déclic. Elle enfourcha son vélo et commença à pédaler comme si elle avait le diable à ses trousses.

Derrière elle, le vieux Ron hurlait :

– Viens, Bill. On va la rattraper avec mon pick-up !

Et Bill répondait :

– Je ne sais pas, Ron, je ne me sens pas bien...

Wendy jeta un coup d'œil par-dessus son épaule. Bill massait sa bedaine en faisant des grimaces épouvantables. À le voir, on aurait cru qu'il avait avalé de l'arsenic. En d'autres circonstances, ses simagrées l'auraient bien fait rire.

– Alors reste ici et surveille le magasin ! cria Ron. Cette petite tueuse de souris devra répondre de ses actes. Pas question qu'elle s'en tire comme ça !

Wendy pédalait à en perdre haleine. Heureusement, elle avait de l'avance : le pick-up jaune de Ron apparaissait comme un point minuscule loin au bout de la rue.

Elle amorça la descente de la colline, ses boucles rousses gonflant dans le vent telle une voile.

Rien ! Elle n'avait pas le moindre indice sur ce qui avait déclenché la légende ! Sa petite excursion ne lui avait apporté que des ennuis !

Quelle poisse !

Au bruit du moteur, elle devina que Ron gagnait du terrain. Heureusement, en bas de la colline s'étendait le grand parc municipal. En se débrouillant bien, elle couperait par la partie boisée et sèmerait ce fou furieux.

Ron donna du klaxon. Il devait se prendre pour un Ranger ! Avec l'imagination fertile dont il semblait doté, cela devait signifier : « Garez-vous sur le bas-côté, vous êtes en état d'arrestation. »

Elle approcha à toute vitesse du terrain de base-ball situé à l'entrée du parc. Jetant un coup d'œil par-dessus son épaule, elle prit sa décision. À vrai dire, elle n'avait guère le choix.

Un grand coup de guidon et le vélo quitta la route. Boucles au vent, elle vola au-dessus du fossé. La réception fut des plus rudes, mais elle tint bon.

Le cri déchirant des pneus mordant le bitume avertit Wendy que Ron était enfin hors course. Un regard en arrière lui procura cette vision réconfortante : Ron en train de pester par la vitre ouverte.

Mais un autre danger se présentait : elle fonçait droit sur les tribunes ! Elle rectifia sa trajectoire au dernier moment et fila à toute allure au milieu du terrain où se déroulait une rencontre amicale entre l'équipe des juniors de Fairfield et ceux de Mullinfield. Des cris fusèrent, quelques joueurs se mirent à la poursuivre. Du pied, elle poussa Kevin Moore (un teigneux qui préférait se muscler les biceps plutôt que la cervelle), qui s'affala de tout son long sur la terre battue.

Ensuite, elle poursuivit plus paisiblement sa route à travers la vaste étendue d'herbe du parc.

Elle se retrouva sur un sentier goudronné qu'elle ne connaissait pas. Bientôt, une odeur pestilentielle commença à lui titiller les narines...

La station d'épuration ! Cela signifiait qu'elle avait atterri du côté opposé à celui où elle voulait aller. La mort dans l'âme, elle songea qu'il lui faudrait faire le grand tour pour rentrer chez elle.

Elle arriva en vue d'un grand bassin où bouillonnait une eau crasseuse, couverte de mousse marron. Elle fit la grimace et pédala de plus belle.

Soudain, la bicyclette dérapa sur une nappe de gravier. Elle redressa le guidon à temps.

Tout à coup, le pick-up jaune apparut en face d'elle, brinquebalant sur le terre-plein herbeux.

Le cœur de Wendy se mit à battre la chamade. Elle vira brusquement à gauche.

Le pick-up partit en zigzaguant sur la nappe de gravier et, après une magistrale embardée, heurta le rebord du bassin d'épuration et bascula par-dessus.

Wendy freina brutalement, songeant qu'elle devrait aller chercher des secours.

Se retournant, elle aperçut Ron qui nageait vigoureusement dans l'eau putride (pouah !) pour essayer de regagner le bord.

Soudain, il y eut un formidable mouvement dans l'eau. Une forme imprécise happa Ron et l'entraîna au fond.

12

Au *Palais de la moquette*, Libb, stupéfaite, regardait fixement la télévision à l'entrée du magasin : un bulletin d'information spécial y était diffusé par la chaîne locale.

Le reportage évoquait « l'Empoisonneuse de sodas » (les médias ont l'art d'employer les grands mots) : selon le correspondant qui parlait en direct de l'*Épicerie centrale*, une jeune collégienne de Fairfield aurait capturé des souris qu'elle aurait placées dans des bouteilles de soda. On ignorait les motivations de la jeune fille, mais les psychologues avançaient l'hypothèse qu'il pourrait s'agir d'une forme puérile de tentative de sabotage de la société de consommation.

Là, Libb haussa les épaules.

En revanche, en entendant que l'on avait perdu toute

trace de « l'Empoisonneuse » et du propriétaire du magasin qui s'était lancé à ses trousses, Libb sentit souffler le vent de la panique.

La légende qu'attendait joyeusement Wendy s'était réalisée et l'avait précipitée dans le drame.

Mieux valait ne pas moisir ici. C'est en riant que Wendy lui avait raconté l'histoire qui devait survenir au *Palais de la moquette*. Maintenant, Libb n'était plus très sûre qu'il faille insister.

Elle allait partir lorsqu'une vieille dame pimpante entra dans le magasin.

Aussitôt, Libb sentit son pouls s'accélérer.

La vieille dame alla droit à la caisse et demanda aimablement au vendeur où se trouvaient les tapis orientaux. Le jeune homme en uniforme vert laitue lui montra le fond du magasin. La vieille dame remercia puis s'éloigna en souriant.

Les yeux exorbités, Libb la suivit du regard. Un profond malaise s'empara d'elle. Si la théorie de Mme Gaddy était juste, le magasin retentirait bientôt de mille cris de terreur...

Comme attirée par une force magique, Libb prit la direction suivie par la vieille dame.

Celle-ci marchait tranquillement, effleurant du bout des doigts les tapis qui se trouvaient sur son passage.

Finalement, elle s'arrêta devant un superbe tapis persan roulé sur un portant. Les tons rouges et bleu nuit chatoyaient chaleureusement sous l'éclairage intense de la boutique.

Elle caressa le bord du tapis entre ses doigts et héla un vendeur.

Un homme un peu gras, à la petite moustache noire, émergea derrière Libb.

Celle-ci l'arrêta aussitôt :

— Monsieur, s'il vous plaît, j'ai besoin de vous !

— Voyons, mademoiselle ! Un peu de politesse ! protesta la vieille dame. Attendez votre tour !

Le vendeur lança à Libb un regard chargé de reproches et s'approcha de sa cliente qui, déjà, commençait à tirer sur le tapis.

— Non ! hurla Libb.

13

Ne le déroulez pas ! Il y a des serpents à l'intérieur !
Surprise, la vieille dame lâcha le tapis. Le vendeur se tourna vers Libb. Il fulminait.

— Qu'est-ce qui vous prend ? Vous ne voyez pas que vous faites peur à nos clients ? Cette pauvre dame a failli avoir une crise cardiaque !

— Certainement pas ! se défendit l'intéressée.

Libb avait le regard rivé sur le rouleau du tapis. Il n'y avait pas de doute : ça gigotait à l'intérieur.

— Attention !

Vive comme l'éclair, elle avisa un mètre en bois et, s'en emparant, elle se mit à battre le tapis de toutes ses forces. On entendit un sifflement aigu, puis, soudain, une vipère jaillit du cœur du rouleau.

Le vendeur se rua vers la caisse en réclamant de l'aide.

Trop épouvantée pour crier, la vieille dame se figea sur place. Mais quand une nuée de bébés vipères émergèrent à leur tour, elle recouvra ses esprits et s'enfuit vers la sortie.

Franchement terrorisée, Libb comprit qu'il y avait beaucoup plus de petites vipères que ne le prévoyait la légende. D'ailleurs, il continuait de s'en déverser du tapis. Elles étaient si nombreuses qu'elles l'encerclaient. Et désormais, elle était seule dans le magasin vide. On entendait des clameurs monter du parking où le personnel et les clients s'étaient réfugiés.

Si elle voulait échapper aux morsures mortelles, il n'y avait qu'un moyen : trouver un endroit où se percher.

Elle agrippa le montant métallique d'un présentoir et se hissa sur un gros rouleau de moquette turquoise. À mesure qu'elle grimpait, elle avait l'impression d'escalader une échelle géante.

Lorsqu'elle eut atteint le dernier rouleau, elle se retourna pour évaluer la situation.

Les serpents grouillaient dans toutes les allées du magasin comme des mauvaises herbes qui auraient pris vie.

Elle devait trouver un moyen de fuir. Après ce qui était arrivé à Wendy, il était clair que les gens l'accuseraient d'avoir introduit les serpents dans les tapis.

Comme beaucoup de nouveaux magasins à Fairfield, le *Palais de la moquette* était contraint d'entasser un maximum de marchandises dans un espace restreint. En s'y prenant bien, elle pourrait passer de présentoir en présentoir et gagner la sortie. Là, il faudrait faire vite et profiter de la panique qui régnait sur le parking pour filer.

Ça, c'était dans l'hypothèse où elle ne se casserait pas une jambe avant !

La difficulté essentielle, c'était de passer du présentoir fixé au mur à ceux qui s'alignaient jusqu'à l'entrée du magasin.

Elle prit une profonde inspiration et sauta.

Elle se retrouva à califourchon sur un énorme rouleau de moquette pure laine garantie grand teint.

Le rouleau se mit à tanguer.

En bas, les serpents dressaient leurs petites têtes vers elle, leurs langues fourchues fouillant l'air comme s'ils étaient à l'affût d'un prochain repas.

Les yeux fermés, elle agrippa le rouleau à bras-le-corps et attendit qu'il se fût stabilisé. Puis, reprenant son souffle, elle se redressa lentement.

Les bras en croix pour garder l'équilibre, elle se força au calme.

Pour la première fois de sa vie, elle allait jouer au funambule !

Elle parcourut le rouleau pas à pas sur toute sa longueur. Parvenue au bout, elle bondit sur celui de la rangée suivante.

Jusque-là, tout allait bien.

Encouragée par ce succès, elle sauta de rouleau en rouleau jusqu'à atteindre l'entrée.

Sur le parking, un attroupement s'était formé autour de l'assistant du shérif, l'inspecteur Scotsdale. Les discussions allaient bon train et personne ne semblait s'occuper de ce qui se passait dans la boutique.

Elle était juchée très haut. La seule solution pour ne pas se casser une jambe, c'était de sauter sur l'énorme paquet de descentes de lit roulées et dressées les unes contre les autres, présentées en promotion à l'entrée.

Mais les serpents avaient déjà envahi le secteur.

Elle sauta à pieds joints en criant.

Les carpettes amortirent sa chute mais l'agencement ne résista pas au choc. Les rouleaux s'effondrèrent comme un château de cartes et Libb se trouva entraînée dans une cascade de tapis qui s'abattirent contre la porte. Celle-ci s'ouvrit d'un coup, libérant les vipères au milieu des badauds affolés.

Terrorisés, les gens se répandirent sur la chaussée en hurlant. Il y eut un concert de klaxons ; les voitures s'immobilisèrent dans un beau désordre.

Libb se retrouva étalée de tout son long sur le petit trottoir qui longeait le magasin. Elle était un peu sonnée, mais la clameur de la foule l'aida à reprendre ses esprits.

Elle bondit sur ses pieds et détala sans demander son reste.

Aussitôt, l'inspecteur Scotsdale porta son sifflet à sa bouche.

Mais les vipères arrivaient sur lui.

Il sauta dans sa voiture et claqua la portière. Alors qu'il enfonçait le bouton de la radio pour demander du renfort, il entendit une petite voix derrière lui.

— Bonjour, inspecteur.

Éberlué, il découvrit une vieille dame aux yeux malicieux sur la banquette arrière.

— Vous comprenez, inspecteur, c'était le seul îlot de tranquillité dans la tourmente.

— Vous avez bien fait, madame, dit le policier, philosophe. Mais dites-moi, comment ces sales bestioles sont-elles parvenues jusqu'ici ?

— J'étais en train d'admirer un beau tapis persan lorsqu'une jeune fille m'a dit qu'il abritait des serpents. Elle a pris un mètre en bois et s'est mise à battre le tapis comme une folle. Je me demande comment elle était au courant.

PARANORMAL

— Vous sauriez la reconnaître ?

— Oui, fit la vieille dame en pointant le doigt sur une silhouette qui filait à travers les arbres. C'est elle.

— Mais c'est Libb Randall ! s'écria le policier, stupéfait.

14

Keri s'ennuyait ferme à son poste. Cela faisait des heures (depuis le milieu de la matinée) qu'elle était dissimulée derrière la cabane à outils de Mme Glower et qu'elle observait les nains de jardin artistiquement disposés sur la pelouse.

Fort heureusement, elle avait pensé à emporter son baladeur, mais, pour l'essentiel, la station locale passait de la musique insipide entrecoupée de publicités idiotes.

Elle poussa un gros soupir. C'est alors qu'elle entendit le jingle qui annonçait un bulletin d'information.

Elle tendit l'oreille.

« Décidément, Fairfield aura connu une matinée mouvementée. Après une tentative d'empoisonnement très originale commise à *l'Épicerie centrale*, c'est au

Palais de la moquette qu'a soufflé un vent de panique. En effet... »

— Oh, non ! gémit Keri.

« ... une jeune cliente est entrée au *Palais de la moquette* en hurlant que des vipères étaient cachées dans un tapis. Effectivement, des dizaines de serpents se sont répandus dans le magasin qui a dû être évacué. Les deux adolescentes responsables de ces incidents ont réussi à s'enfuir mais la police les recherche activement. »

La nouvelle anéantit Keri. Quelque chose de terrible était en train de se passer. Ainsi que l'avait prévu Mme Gaddy, les légendes se réalisaient. Mais pourquoi se retournaient-elles contre elles ?

Keri prit sa décision : il fallait partir. C'est ce qu'elle s'apprêtait à faire lorsque la porte de la cuisine s'ouvrit. Elle se blottit vite dans un coin de la cabane et observa Mme Glower qui sortait arroser ses plants de tomates.

Enfin de l'action ! Bizarrement, au lieu de chercher à fuir, Keri éprouva soudain l'envie irrésistible de rester et de voir le déroulement de l'histoire jusqu'au bout. Pour l'avoir eue comme baby-sitter, elle connaissait bien Mme Glower et sa passion immodérée pour ses nains de jardin, qu'elle appelait par leur petit nom.

Une fois les tomates arrosées, Mme Glower rentra

chez elle en refermant soigneusement la porte derrière elle.

Keri poussa un soupir de soulagement et sortit de son abri.

Juste à cet instant, une limousine aux vitres teintées s'immobilisa devant la maison. Un homme mince et de grande taille, portant des lunettes noires et un costume sombre, descendit de la voiture et s'avança sur la pelouse.

Keri retint son souffle.

15

La démarche souple, le geste assuré, l'homme se pencha et ramassa prestement la dizaine de nains disséminés sur la pelouse. Il rejoignit en deux pas la limousine qui démarra sans bruit.

Le cœur battant, n'obéissant qu'à son instinct, Keri courut chercher sa bicyclette qu'elle avait cachée derrière des buissons.

Pourquoi un homme aussi distingué volerait-il des nains de jardin ? C'était absurde. Ce personnage la conduirait-il au cœur du mystère ?

Au bout de deux kilomètres à travers les rues secondaires de Fairfield, elle faillit bien abandonner, d'autant que la limousine atteignait la sortie de la ville. Mais elle se ravisa en voyant la voiture ralentir et s'engager dans un chemin de terre.

Elle pédala de plus belle.

EAUX DANGEREUSES

La limousine s'arrêta au bout du chemin sur un terre-plein de gravillons où attendait une Mercedes blanche.

Keri coucha son vélo dans le fossé et observa la scène à bonne distance.

La portière de la limousine s'ouvrit et l'homme en costume apparut, les bras chargés de nains. Un homme barbu, au port altier, sortit du côté passager.

Le chauffeur de la Mercedes s'avança à leur rencontre. C'était un petit bonhomme au visage de fouine.

— Vous avez réussi ! couina-t-il en frappant dans ses mains. Bravo, messieurs ! Bravo !

Le visage du barbu se crispa.

— Cessez de vous conduire comme un gamin ! Ce ne sont pas des babioles à deux sous, que je vous apporte ! Ce sont de véritables nains de jardin. D'au moins trente ans d'âge ! ajouta-t-il, emphatique.

Le petit homme fronça les sourcils.

— Trente ans ? Vous croyez que cela suffira ?

— Je m'en porte garant, sourit le barbu. Trente ans, c'est suffisant. Bien sûr, c'est une durée minimale pour s'assurer d'un véritable pouvoir magique.

Le petit bonhomme jeta un coup d'œil nerveux par-dessus son épaule et expliqua :

— Vous savez, je ne suis pas superstitieux, mais... mon arrière-grand-père était un vrai paranoïaque. Il

71

s'était mis dans la tête qu'il ne pouvait pas voyager sans un nain de jardin à ses côtés. La seule fois où il a oublié d'emporter son petit compagnon, son avion est tombé dans le Pacifique. Et mon pauvre grand-père qui s'est rendu à Mullinfield sans escorte n'est jamais revenu. Quant à mon père, son voyage dans l'Indiana lui fut fatal. Alors, je...

— Je comprends parfaitement, monsieur, interrompit le barbu. Rassurez-vous : vous n'êtes pas paranoïaque. Des millions de personnes à travers le monde partagent vos convictions et l'expérience leur a montré qu'elles avaient raison. C'est pourquoi j'ai voulu proposer ce type de service. Pour que des gens comme vous puissent voyager en parfaite sécurité.

— Merci, monsieur. Voyons... Combien vous dois-je ?

— Dix mille dollars. Comme convenu, répondit le barbu avec un sourire affable.

— Hein ? Mais c'est hors de prix !

— Les nains de trente ans d'âge sont extrêmement rares, fit l'autre d'une voix suave. Et terriblement efficaces. Mais surtout, respectez scrupuleusement nos conventions. Prenez une photo des nains dans chaque ville où vous vous rendez et envoyez chaque fois une carte postale à cette adresse. (Il tendit une carte de visite à son interlocuteur.) Afin de ne pas attirer l'attention des... anciens propriétaires sur mes activités, il est indispensable de leur faire croire qu'ils sont victimes de canulars montés par des lycéens. Du moins, jusqu'à ce que nous puissions leur offrir des nains de remplacement...

— Bien sûr, je comprends, fit le petit bonhomme d'un air accablé.

Soudain, la sonnerie grêle d'un téléphone portable retentit.

L'homme aux lunettes noires décrocha l'appareil de sa ceinture.

— Oui ? Oui ? Je vois...

Il se tourna vers son patron.

— Monsieur, nous avons une alerte rouge.

Le barbu serra les mâchoires.

— Vite ! Filons ! cria-t-il. Déposons le chargement ici, nous n'avons pas d'autre solution. Il faut partir tout de suite.

— Qu'est-ce qui se passe ? geignit le client, apeuré.

— Des ennuis indépendants de notre volonté, répondit le barbu tout en sortant des brassées de nains du coffre de la limousine. Si vous êtes malin, vous laisserez les vôtres ici et viendrez les récupérer plus tard quand les choses se seront calmées.

– Mais... j'ai payé ! protesta faiblement l'autre.

– À vous de voir ! C'est ça ou la prison ! répliqua le barbu en s'engouffrant à l'intérieur de sa voiture.

La portière claqua et la limousine zigzagua en marche arrière jusqu'à l'entrée du chemin. L'infortuné client suivit le conseil et fila.

Lorsque le bruit des moteurs se fut éloigné, Keri redressa la tête.

Mal lui en prit : le capot blanc et noir d'une voiture de police apparut au bout du chemin. Elle s'aplatit au fond du fossé, le cœur battant.

La voiture s'immobilisa à proximité des nains. Le shérif Drake mit pied à terre. Il poussa un sifflement étonné puis tendit la main pour saisir le micro de la radio.

– Allô ? Ici le shérif Drake. Scotsdale, vous m'entendez ? J'ai trouvé les nains. Beaucoup de nains, même. Mais aucune trace de Keri McAlister. Je continue les recherches. À vous.

Les oreilles de Keri se mirent à bourdonner. La police la recherchait !

16

De sa cachette dans les buissons, Wendy surveillait la maison de Mme Gaddy. Depuis deux heures, elle n'avait pas constaté le moindre mouvement derrière les rideaux. La vieille dame devait s'être absentée. Cela tombait mal, car Wendy souhaitait ardemment lui parler. C'était la seule personne qui ne la prendrait pas pour une folle. Cette fois, bien sûr, il faudrait faire le tri dans ses conseils.

Et s'il était arrivé quelque chose à la charmante vieille dame ? Après avoir examiné la rue, Wendy fila, courbée en deux, vers la véranda.

Bizarrement, il y avait de grosses traces de boue fraîche sur les marches. Elles conduisaient jusqu'à la porte d'entrée. D'une certaine manière, ce n'était pas étonnant, car il avait plu la nuit dernière. Ce matin, Mme Gaddy avait dû travailler dans son jardin. Cependant, Wendy s'étonna que la vieille dame ne prît pas la peine de s'essuyer les pieds sur le paillasson qui se trouvait au haut des marches.

Elle frappa doucement à la porte. Celle-ci s'ouvrit silencieusement, sans que personne ne répondît. Wendy attendit quelques secondes que la vieille dame se manifeste, puis elle pénétra à l'intérieur.

— Madame Gaddy ?

Silence. Les traces boueuses continuaient sur le plancher soigneusement ciré de l'entrée et conduisaient au salon où elles formaient des croûtes sur le tapis.

— Madame Gaddy ?

Silence.

À l'exception des traces de boue, le salon était impeccablement tenu.

C'est à cet instant que Wendy discerna un faible bruit. Un bruit d'eau. Un robinet fuyait quelque part. Le cœur de Wendy se mit à battre à tout rompre. Et s'il était arrivé un accident à la vieille dame ? Après tout, elle était très âgée et vivait seule dans cette grande maison !

D'une main tremblante, Wendy pressa l'interrupteur. La lumière inonda le salon et le hall d'entrée.

À pas prudents, elle se dirigea vers la cuisine.

— Madame Gaddy ?

Elle tendit le cou dans l'encadrement de la porte : la pièce était vide.

Elle revint sur ses pas. Où chercher ? Dans une maison de cette taille, il y avait certainement une salle de bains au rez-de-chaussée.

Elle ouvrit une porte. C'étaient les toilettes. Vides.

Elle en essaya une autre. Cette fois, c'était bien la salle de bains. Vide elle aussi, mais la fuite provenait de derrière le rideau de douche.

À cet instant, Wendy se dit qu'elle ferait mieux de partir. Mais comme trop souvent chez elle, la curiosité l'emporta.

La gorge nouée par la peur, elle s'approcha de la baignoire, posa une main sur l'extrémité du rideau et le tira d'un coup sec.

La baignoire était remplie d'eau, le robinet gouttait. Poussant un soupir de soulagement, Wendy coupa l'eau et pivota tranquillement sur ses talons.

Et se retrouva nez à nez avec un visage humain !

Elle hurla à pleins poumons, recula d'un pas, et *plouf* ! bascula dans la baignoire.

Avant qu'elle n'ait le temps de réaliser ce qui était en train de se passer, une main saisit la sienne et la tira hors de l'eau.

— Libb ! crachota-t-elle. Tu m'as fichu la trouille de ma vie !

— Excuse-moi. Je ne pensais pas te trouver ici.

— Profite de ma présence parce que je vais devoir disparaître : c'est grave, je suis recherchée par la police.

Une mare se formait à ses pieds. Elle jeta un coup d'œil alentour : pas de serviettes-éponges en vue.

— Je sais, fit Libb en soupirant. Moi aussi, ils sont à mes trousses. Cette histoire de serpents s'est retournée contre moi. Ils croient que c'est moi qui les ai introduits dans le magasin. C'est dingue, non ?

— Comme tu dis. Tout ça, c'est de la folie pure ! Et maintenant, je suis trempée, et, en plus, dans une salle de bains sans serviettes. Tu as déjà vu une salle de bains sans serviettes, toi ?

— Tu vois, tout peut arriver ! dit Libb en riant. Allons voir dans la cuisine. Il doit y avoir des torchons.

Wendy fonça vers la cuisine d'un pas rageur. Avisant des torchons sur le dos d'une chaise, elle s'en empara et commença à se frotter énergiquement.

— Tu te rends compte, Libb ? On devait s'amuser et on va finir en prison ! Je n'ai toujours pas compris comment les choses ont pu déraper ainsi !

Tout à coup, la porte de la cuisine s'ouvrit avec fracas. Une silhouette entra telle une tornade, claqua la porte et la verrouilla à double tour. Puis elle se retourna.

EAUX DANGEREUSES

C'était Keri.

— Où est Mme Gaddy ? cria-t-elle, hors d'haleine. La police me recherche et il faut qu'elle leur explique tout !

— Qu'est-ce qui s'est passé ? demanda Wendy, un brin dépassée par cette crise d'hystérie.

— Ils pensent que je suis au centre de la vague de disparitions de nains de jardin ! Voilà ce qui se passe !

— Mme Gaddy n'est pas ici.

— Quoi ?

— Je ne sais pas où elle est, mais elle n'est pas ici. Ce qui est d'autant plus bizarre qu'elle ne sort jamais.

— Alors où est-elle ? hurla Keri.

— Chut ! souffla Wendy en levant les yeux au ciel. Arrête de crier, j'ai les tympans qui explosent ! Examinons les traces de pas. Voyons... elles démarrent en bas des marches de la véranda, traversent l'entrée puis le salon, continuent dans la cuisine et s'arrêtent...

Les yeux écarquillés, elle réalisa que les traces finissaient... précisément à l'endroit où elle se tenait.

Elle s'appuya d'une main tremblante à la table.

Ses doigts rencontrèrent un morceau de papier plié.

Un mot y était inscrit : ALLIGATOR.

17

Dehors, les trois amies inspectaient les empreintes.

— C'est incroyable, s'exclama Keri. On dirait les traces d'un animal.

— A mon avis, c'est un alligator... fit Wendy, pensive.

— Comme... dans... la légende, bredouilla Libb.

— J'ai bien peur que oui.

— Ainsi, tu crois que Mme Gaddy a été entraînée dans les égouts ? demanda Keri.

— Ça me paraît logique, répondit Wendy du tac au tac.

... Une logique d'un genre nouveau, certes !

— Je n'y crois pas. C'est du délire ! protesta Keri. Tout ce qu'on a, c'est un morceau de papier sur lequel est inscrit « alligator ». Ça ne veut pas forcément dire que Mme Gaddy a été emmenée dans les égouts.

Libb, qui, jusqu'à présent, se contentait de hocher la tête, montra du doigt le trottoir devant la maison.

– Regardez.

Les empreintes conduisaient à une plaque en fonte située au bord de la route.

Une bouche d'égout !

– Réfléchissons, fit Keri. Ces empreintes n'ont pas été faites par un animal à quatre pattes. En plus, les traces sont beaucoup trop larges pour des pattes d'alligator.

– Je sais que ça doit sembler bizarre, mais ce ne peut être que l'alligator, reprit Wendy. Ou alors, il s'agit d'une créature dérivée d'un alligator. La coïncidence est trop flagrante. Tout a commencé le soir où Mme Gaddy nous a raconté cette légende.

– Libb haussa les épaules.

– Admettons...

On va secourir Mme Gaddy, voyons ! Elle a besoin de nous !

– Tu es complètement folle ! s'écria Keri. On va se faire manger toutes crues ! Appelons la police et les services vétérinaires. Eux, ils seront équipés.

– Tu oublies que la police nous recherche, contra Wendy. Ensuite, je vois mal comment on pourrait les convaincre qu'un alligator hante les égouts de la ville et ressort de temps en temps pour capturer les vieilles dames ! Si on veut sauver la pauvre Mme Gaddy, on ne peut compter que sur nos propres forces.

– Je ne suis pas d'accord. De toute façon, si l'alligator a enlevé Mme Gaddy, il l'aura déjà dévorée !

– Oh ! s'exclama Libb, choquée. (Puis elle murmura du bout des lèvres :) Mais si c'était le cas, il resterait certaines... preuves, non ?

– Exactement. Et les empreintes ne constituent pas une preuve suffisante. C'est pour cela qu'il faut descendre.

– Pas question ! cria Keri, blanche comme un linge.

– Voyons... Tu sais bien que seule Mme Gaddy pourra expliquer ce qui s'est passé à la police. Et si elle... n'est plus de ce monde, nous aurons besoin d'un maximum de preuves.

Un silence pesant s'abattit sur le groupe. Les trois filles se regardaient nerveusement, attendant que l'une fît un geste, dît quelque chose qui rendrait inutile leur projet.

– Nous aurons besoin d'une torche, conclut sombrement Wendy. Allons voir chez Mme Gaddy si nous en trouvons une.

Quelques minutes plus tard, elles étaient de retour devant la bouche d'égout, une torche à la main.

Keri fronça les sourcils.

– Regardez. La plaque a bougé. Quelqu'un est venu.

– Malheureusement, ça ne change pas grand-chose, affirma Wendy. Keri, surveille la rue. Libb, aide-moi à déplacer la plaque.

La plaque n'était pas aussi lourde qu'elles l'auraient pensé.

Wendy éclaira le trou noir.

– Tu vois quelque chose ? demanda Libb qui se tenait prudemment en retrait.

– De l'eau qui coule.

– Pas de Mme Gaddy ?

– Non, mais il y a quelque chose sur l'échelle.

– Tu n'arrives pas à voir ce que c'est ? dit Libb.

– Non. Il faut que je descende.

– Je te l'interdis ! cria Keri. C'est trop dangereux !

– Écoute. L'ouverture est assez étroite et la chose n'est pas loin du bord. Je verrai mieux en me couchant à plat ventre. Tiens-moi les jambes, Libb.

– D'accord. Mais dépêchons-nous. Bientôt, tout le quartier va nous demander ce qu'on fait là !

Elles mirent leur plan à exécution.

La chose se balançait en équilibre instable sur le troisième barreau.

Wendy tendit la main. Et toucha.

PARANORMAL

C'était un bébé alligator!

Saisie de terreur, elle poussa un hurlement et se tortilla comme un ver.

Surprise, Libb lui lâcha les jambes.

Wendy bascula dans le puits noir.

18

WEN-DY ! WEN-DY ! criait Libb, penchée au bord du gouffre.

— Tu la vois ? fit Keri, la voix tremblante.

— Non ! Je crois qu'elle a été emportée par l'eau. Je descends la chercher !

— Ne fais pas ça ! Viens, on va appeler des secours !

— Ils arriveront trop tard : elle risque de se noyer. Et puis, c'est moi qui l'ai lâchée. Bon, j'y vais.

Elle commença à descendre. Ravalant ses larmes, Keri la suivit.

À mi-parcours, Libb sonda avec la torche les profondeurs du puits. Une coursive en béton gris longeait un fossé où coulait une eau bouillonnante.

— Regarde. Il y a la place pour marcher, lança-t-elle à Keri.

Elle sauta avec souplesse. Keri, elle, perdit l'équilibre et faillit tomber dans l'eau crasseuse. Libb la retint juste à temps.

— Tu m'as fait peur! souffla-t-elle.

Puis, mettant les mains en cornet autour de sa bouche, elle appela:

— Wen-dy! Wen-dy! Tu m'entends?

Un cri déformé leur parvint de l'autre bout du tunnel.

— Iciii... Iciii...

— Wen-dy! Tiens bon! On arrive!

Les deux filles partirent à fond de train. L'air pestilentiel les prenait à la gorge. Le ciment était glissant. À mesure qu'elles avançaient, le vacarme de l'eau s'intensifiait. Les canalisations qui couraient le long des parois gargouillaient de façon inquiétante. Par endroits, les murs où la roche se montrait à nu étaient couverts d'une épaisse mousse verdâtre.

Une trentaine de mètres plus loin, elles aperçurent Wendy. Celle-ci était accrochée à l'extrémité du muret qui surplombait un vaste réservoir dans lequel l'eau se précipitait en cascade.

Au bout de la coursive, Libb remarqua une grosse poignée en fer fichée dans le mur.

— Accroche-toi à la poignée et donne-moi l'autre main! cria-t-elle à Keri. Je vais tirer Wendy!

Keri approuva d'un signe de tête et empoigna la barre de fer.

— Attrape ma main ! cria Libb à Wendy.

D'un coup d'œil, Wendy évalua la situation : elle n'aurait qu'une chance. Dès qu'elle aurait décollé sa main du muret, elle serait dans l'impossibilité de revenir à sa position initiale.

Les yeux confiants de Libb la décidèrent.

Donnant un coup de pied contre le mur, elle fit basculer son corps puis tendit la main à Libb qui la saisit au passage. La secousse fut rude ; ses articulations craquèrent. Ensuite, s'aidant des aspérités du mur, elle réussit à regagner la coursive.

— Ça va ? demanda Keri en lui tapotant le dos.

— Je... n'en pouvais plus ! s'exclama Wendy, pantelante.

— Qu'est-ce qu'il y avait sur l'échelle pour te faire aussi peur ?

— Oh ! ce n'était que ce ridicule alligator en plastique.

— Tu crois que quelqu'un aura voulu nous jouer un tour ? demanda Libb.

— Je pense que...

Le cri de Keri l'interrompit.

— Regardez !

Une silhouette sombre filait le long du réservoir. Elle disparut dans un tunnel.

– Qui c'était ?

– Je ne sais pas, je n'ai pas pu voir son visage, répondit Keri. Mais on est repérées.

– C'est sûr que ce n'est pas un touriste, maugréa Wendy. Je mettrais ma main au feu que cette personne sait parfaitement de quoi il retourne.

Libb se pencha pour examiner ce qu'il y avait au coin du mur.

– Il y a une échelle. Elle permet d'accéder à la coursive qui longe le bassin. On n'a qu'à essayer de le suivre, proposa Libb..

– D'accord !

Au bout du réservoir s'ouvrait un tunnel étroit à la voûte écrasante. Wendy éclaira l'entrée avec sa torche. Il n'y avait personne.

En frissonnant, elles s'engagèrent dans le passage. À l'exception du clapotis de l'eau, il régnait un épais silence. Les murs étaient grossièrement taillés dans la roche et le sol était très inégal.

Vingt mètres plus loin, la torche s'éteignit brutalement.

EAUX DANGEREUSES

— Les piles sont mortes ! marmonna Keri. Je vais finir par croire que le monde entier nous en veut !

Elles s'arrêtèrent, le souffle court, pendant que Wendy bataillait avec la lampe.

Soudain, un long cri de terreur éclata dans les profondeurs du tunnel.

19

Wendy lâcha la lampe qui, en heurtant le sol, se ralluma. Elle la ramassa, le cœur battant, et se figea.

Les cris rauques continuaient de retentir.

— Qu'est-ce... que c'est ? balbutia Keri.

— Ce n'est pas Mme Gaddy, affirma Wendy. La voix est trop grave. Ce doit être un homme.

— C'est... peut-être... un clochard, suggéra Libb.

Elle claquait des dents.

— Ou l'une des proies vivantes de l'alligator, dit Keri.

— On n'en saura rien si on ne va pas voir, déclara Wendy.

Ses amies lui emboîtèrent le pas. Leurs semelles faisaient un bruit de succion dans les flaques d'eau nauséabonde.

Plus elles avançaient, plus l'écho diminuait et laissait entendre comme des gémissements. On aurait cru les plaintes d'un blessé. Histoire de se rassurer, Wendy se dit que la personne en question serait sans doute contente de les voir.

Après quelques coudes et détours, le tunnel amorçait une pente abrupte.

– Attention ! Ça glisse ! prévint Wendy.

Elles s'engagèrent précautionneusement dans la descente – une vraie planche à savon ! Keri fit trois pas sans encombre.

– Noon !

En perdant l'équilibre, elle entraîna ses amies dans un formidable roulé-boulé.

Wendy se remit sur pied la première. Lorsque tout le monde se fut relevé, elle braqua la torche devant elle.

Et se mit à hurler.

Un visage livide et grimaçant se détachait dans le cercle de lumière jaune. L'homme était isolé dans une pièce creusée dans la paroi en contrebas du tunnel. Il avait les bras ligotés derrière la nuque par une corde attachée à une grosse canalisation. À ses pieds, le niveau d'eau montait inexorablement.

Les jambes en coton, Wendy regarda fixement les traits de l'inconnu. Il lui rappelait quelqu'un. Désespérément, elle fouilla dans sa mémoire à la recherche de visages connus.

Soudain, la lumière se fit dans son esprit.

— Mais c'est Ron !

— La petite saboteuse !

— Qui c'est ? gémit Libb.

— Le propriétaire de l'*Épicerie centrale*. C'est lui qui m'a poursuivie cet après-midi. Courage, Ron ! On arrive !

Scrutant la pénombre de sa torche, Wendy essaya d'imaginer un moyen d'accès pour atteindre Ron. En fait, il se trouvait sur le bord opposé d'un bassin qui recueillait les eaux usées transportées par les tunnels qu'elles avaient suivis jusqu'ici. La seule façon d'arriver jusqu'à lui, c'était à la nage.

Une perspective peu ragoûtante.

— Comment êtes-vous arrivé là ? lui cria Keri.

— C'est la chose qui m'a kidnappé qui m'a amené ici !

— Quelle chose ? s'écrièrent en chœur les trois filles.

Le visage de Ron se rembrunit.

— Ça ressemblait à un alligator. Mais il marchait sur deux pattes. Il m'a conduit ici et il m'a ligoté.

— Vous savez où il est ? demanda Libb.

Mais Ron n'était pas d'humeur à répondre à un interrogatoire.

— Vous avez fini avec vos questions idiotes ? Au lieu de parler, vous feriez mieux de venir m'aider !

Wendy soupira et s'abstint de tout commentaire.

— Bon. L'eau monte et il faut le tirer de là rapidement, dit-elle en se tournant vers ses amies. Keri, tiens la torche dirigée sur Libb et moi pendant qu'on essaie de défaire les nœuds.

— Pas question ! Je ne reste pas ici toute seule. Moi aussi, je sais défaire des nœuds, tu sais !

— D'accord, fit Wendy, exaspérée, en collant la torche entre les mains de Libb. Bon. Si quelqu'un arrive, hurle.

Libb rit jaune.

— Compte sur moi !

Wendy et Keri plongèrent dans l'eau trouble. Une mousse verdâtre écumait à la surface ; l'eau était grasse et l'odeur insupportable.

En quelques brasses lentes (pour éviter les éclaboussures), elles rejoignirent Ron qui, malgré son tempérament irascible, manifesta son soulagement de les voir.

— Merci, les filles. C'est vraiment sympa, ce que vous faites. Mais dépêchez-vous, parce que la chose a promis de revenir. Je ne veux pas vous faire peur, mais autant que vous le sachiez !

— Je crois que ça va aller, fit Wendy qui s'affairait déjà sur un nœud. Je ne sais pas qui a fait ça, mais c'est vraiment du travail d'amateur.

— Heureusement, parce qu'il y en a plusieurs. On m'a même ligoté les jambes ! La corde est attachée à un anneau fixé au fond du bassin.

Wendy décocha un clin d'œil charmeur à Keri.

— Rappelle-toi : tu aurais pu tenir la torche.

Le visage de Keri se décomposa mais elle n'osa pas protester. Se pinçant le nez, elle plongea dans le cloaque.

Pendant ce temps, Wendy parvint à libérer les mains de Ron.

Soudain, un cri horrible résonna à travers la voûte du tunnel.

C'était Libb !

Wendy se retourna.

Dans l'ouverture de la cavité, elle venait d'apercevoir Mme Gaddy.

20

Attention à ne pas tomber, c'est dangereux ! cria Wendy.

Bizarrement, la vieille dame ne semblait pas craindre le terrain glissant. En l'observant, Libb remarqua qu'elle n'avait pas du tout l'air effrayée de se trouver là. Si l'idée n'avait pas paru aussi saugrenue, elle aurait même juré que Mme Gaddy se sentait parfaitement à l'aise.

– Comment êtes-vous parvenue jusqu'ici ? demanda Libb. Vous a-t-on amenée de force ?

– Je...

– Arrêtez de papoter, bon sang ! Et occupez-vous plutôt de moi ! Vous attendez que la chose revienne, ou quoi ?

Wendy décocha un regard noir à Ron mais reprit

néanmoins sa tâche. Il n'avait pas tort : il restait beaucoup de gros nœuds mal faits à démêler.

À cet instant, Keri émergea du miasme en soufflant à grand bruit.

— Mes jambes sont libres ! Mille fois merci ! s'écria joyeusement Ron.

— J'exige un bon d'achat illimité sur le rayon « crèmes glacées » du magasin, maugréa Keri en se hissant sur la margelle.

C'est alors qu'elle remarqua la vieille dame :

— Madame Gaddy !

— Bonsoir, mon enfant.

— Vous êtes ici à cause de l'alligator, n'est-ce pas ? C'est à cause de lui que nous sommes dans ce pétrin ? Quand je pense que je ne croyais pas à ces histoires !

— Je suis sûre que tu as changé d'avis...

Keri se figea. La vieille dame avait parlé d'une voix très rauque.

Le changement de ton alerta Wendy qui se retourna. Et cligna des yeux : Mme Gaddy changeait de taille ! Stupéfaite, elle secoua la tête pour chasser cette vision impossible. De là où elle se trouvait, il était difficile de voir les choses avec précision.

Mais déjà, la vieille dame reprenait son discours :

— Les enfants refusent de prendre les légendes au

sérieux. Pire, ils refusent de voir qu'il y a de vraies personnes derrière ces histoires. Des personnes qui souffrent. Personne ne veut réfléchir à ce qui se passerait si les histoires arrivaient pour de vrai. Alors, ils en ricanent.

Libb recula d'un pas mal assuré.

– Je vous en prie, madame Gaddy, calmez-vous. À votre âge, il y a toujours un risque de crise cardiaque et on ne voudrait pas que cela vous arrive.

Mme Gaddy tapa rageusement du pied.

– Je ne suis pas vieille ! Et qu'est-ce qui te dit que je suis Mme Gaddy ?

– Mais qui êtes-vous, alors ? lança Libb, affolée.

Un formidable rugissement lui répondit.

Mme Gaddy était en train d'enfler. Ses yeux n'étaient plus que deux gros globules blancs ! Son ventre gonflait. Ses épaules s'affaissaient et sa peau se ratatinait, virant à une drôle de teinte marron-vert ! Ses cheveux tombaient par poignées.

Déjà, elle avait la peau épaisse comme du cuir. Puis son visage gonfla d'un coup. Sa bouche s'allongea démesurément. En une fraction de seconde, de gros crocs jaunes garnirent ses gencives.

Keri se mit à hurler. Ron désigna le monstre en claquant des dents :

– Mais c'est la chose qui m'a attaqué !

Lorsque les coutures du chemisier de Mme Gaddy éclatèrent, révélant une affreuse épine dorsale aux larges écailles, Libb se retourna pour fuir.

Elle n'avait pas fait dix mètres que l'alligator tendit une énorme patte griffue et l'empoigna par le col de son T-shirt. L'animal la souleva comme une plume et se mit à la secouer sans ménagement. La pauvre Libb lâcha la torche qui vola dans les airs et atterrit avec fracas sur la margelle où étaient les autres.

Keri s'en empara et braqua le faisceau sur l'étroit passage.

– Libb ! Où es-tu ?

Il y eut un bruit de cavalcade et l'alligator réapparut dans l'ouverture. Épouvantée, Keri vit le visage livide de son amie dans le rond jaune de la torche.

Ce qui avait été la charmante Mme Gaddy grimaça :

– Alors ? Tu crois aux légendes, maintenant ?

21

Malgré sa terreur, Wendy ne put se retenir.

– Libérez mon amie ! hurla-t-elle.

– Comme tu veux ! De toute façon, cela ne fera aucune différence ! gronda l'alligator. Tiens, elle est à toi !

Et il lança Libb au beau milieu du bassin. Elle remonta à la surface en hoquetant, puis nagea vers ses amies qui la tirèrent sur la margelle.

– Je vous en supplie, madame Gaddy ! Laissez-nous partir. On ne dira à personne que vous êtes un alligator, plaida Keri.

En guise de réponse, l'alligator se pencha brusquement et, tel un dragon, souffla dans son visage. Keri tangua sur ses pieds, faillit basculer dans l'eau.

– Espèce de petite idiote ! Tu n'as rien compris ! Je *veux* que les gens entendent parler de moi ! Du moins,

un peu plus tard... quand j'en aurai fini avec vous ! Ah !
ah ! ah ! Je m'en réjouis d'avance ! Ce sera la meilleure
légende urbaine jamais racontée !

Pendant que l'alligator parlait, Wendy réfléchissait à
toute vitesse. Tôt ou tard, le reptile passerait à l'attaque.
Il fallait retarder ce moment le plus possible en le faisant parler. Et, surtout, il fallait libérer Ron. Il restait un
nœud, peu serré mais très compliqué.

– Que voulez-vous dire ? demanda-t-elle.

L'ex-Mme Gaddy plongea dans le cloaque et
s'approcha lentement d'eux.

– J'ai voyagé dans le monde entier et j'ai rapporté
de merveilleuses histoires. Et j'ai voulu les partager.
Mais quand je les racontais, les jeunes comme vous
avaient des réactions écœurantes. La plupart du temps,
vous ne cherchez pas plus loin que le bout de votre nez
et pensez qu'elles sont inventées. Et comme si ça ne
suffisait pas, vous vous en moquez. Alors, un jour, je
me suis juré de prouver à des têtes de linotte de votre
genre que les légendes sont toujours vraies.

– Mais tous les enfants croient aux légendes !

– Quand ils sont petits. Dès qu'ils grandissent, ils
s'en fichent. Alors, j'ai construit point par point cette
légende. Une légende où chaque fait sera vrai. Si vrai
que personne ne pourra jamais en douter !

— Et vous avez décidé d'utiliser ces trois filles, n'est-ce pas ? demanda Ron en décochant un clin d'œil à Wendy.

D'un geste du menton, il désigna discrètement les cordes.

Ils se comprirent.

— Exactement ! cria l'alligator d'un ton triomphant. D'abord, j'ai fait en sorte de semer le doute dans votre esprit en vous laissant entendre que les histoires étaient *probablement* vraies. Ensuite, je vous ai envoyées répandre la rumeur. On vous a accusées d'être à l'origine d'événements bizarres ? Mais c'est magnifique ! C'est exactement ce que je recherchais ! Il n'y a rien de tel que de folles rumeurs pour construire une belle légende !

— Qu'allez-vous faire ensuite ? demanda Ron.

Les doigts de Wendy travaillaient fébrilement.

— Je vous relâcherai, Ron. Évidemment, je vous aurai envoûté et, lorsque vous reprendrez contact avec la société, vous aurez tout oublié de ce qui vous est arrivé. Mais vous n'aurez qu'une idée en tête : aller voir le shérif et lui révéler où il trouvera les trois filles.

L'alligator éclata de rire.

— Où serons-nous ? demanda Keri, la gorge serrée.

— Ici même ! Dans les égouts ! Mais il ne s'agira que de vos squelettes, évidemment !

Le dernier nœud sauta. Aussitôt, Ron commença à tirer lentement les cordes à lui et à les enrouler en tas derrière son dos.

— Moi, je ne trouve pas que ce soit une histoire si originale, répliqua Wendy.

Il fallait gagner du temps.

— Eh bien, tant pis ! siffla méchamment l'alligator.

L'esprit de Wendy tournait à cent à l'heure.

— Si vous voulez vraiment que les enfants prennent peur en écoutant cette histoire, il vaudrait mieux que la fin se termine par un suspense. Si personne ne comprend vraiment pourquoi nous avons semé la panique dans Fairfield et sommes descendues dans les égouts, la légende laissera planer un vrai mystère.

L'alligator bondit.

— Tu as peut-être raison, mais c'est moi qui décide ! De toute façon, tu n'as plus le temps ! rugit-il férocement.

Soudain, les jambes de Ron se détendirent comme des élastiques. Il frappa sauvagement le reptile au menton. L'animal poussa un cri et recula.

Vive comme l'éclair, Wendy lança un bout de corde à Ron.

— C'est le moment ! hurla-t-elle.

Ils plongèrent dans le cloaque. L'alligator fonça sur

eux mais il hésita une seconde de trop entre ses deux proies. Ses mâchoires se refermèrent à quelques centimètres de Ron, qui réussit à passer la corde autour du cou de la bête tandis que Wendy s'enfonçait dans les profondeurs afin de l'arrimer à l'anneau.

La queue du reptile fouetta rageusement l'eau du bassin, déclenchant d'énormes vagues. Mais plus il se débattait, plus le nœud coulant se resserrait. Finalement, il s'immobilisa.

Ron et Wendy étaient remontés sur la margelle.

Une plainte s'éleva du fond de la gorge du reptile.

– Que tu es méchante, Wendy ! Pourquoi me fais-tu ça ?

C'était une voix pleurnicharde de petite fille !

22

Pétrifiés de stupeur, ils dévisagèrent l'alligator.

– Mais qui êtes-vous ? Enfin, qui... es-tu ? bredouilla Keri.

– Je m'appelle Hélène Gaddy, répondit la petite voix. Et mon frère, il n'est pas gentil avec moi !

Choquée, Libb déglutit péniblement et s'assit sur la margelle. Elle était agitée de violents tremblements. Ron passa une main sur son front : il transpirait à grosses gouttes.

Wendy écarquilla les yeux.

– Tu es la petite fille de la légende, n'est-ce pas ? C'est toi que ton petit frère a terrorisée avec le bébé alligator ?

– Oui. Et je suis très malheureuse !

– Tu as eu très peur et tu veux te venger, n'est-ce pas ?

– Oui. J'en ai assez qu'on se moque de moi ! cria l'alligator de sa petite voix pointue.

Libb laissa échapper un râle.

– Mon Dieu, Wendy ! Qu'est-ce qu'on peut faire ?

Wendy posa un doigt sur ses lèvres pour intimer l'ordre à son amie de garder le silence. Puis elle demanda à l'alligator :

– Mais pourquoi veux-tu te venger sur nous ? On n'est pas responsables de ce qui s'est passé quand tu étais petite !

– Vous n'avez pas voulu croire à mon histoire !

Wendy se força à sourire.

– Oh ! je peux t'assurer que, maintenant, on te croit parfaitement.

– Mais si vous ne mourez pas, personne d'autre ne me croira.

Du tac au tac, Wendy rétorqua :

– Mais si on meurt, il n'y aura plus personne pour t'écouter.

Ces paroles semblèrent ébranler l'alligator. Wendy vit passer dans ses yeux comme un appel de détresse.

L'espace d'un instant, elle s'imagina cajolant cette petite fille triste et profondément seule.

Mais, déjà, l'animal retroussait les babines, menaçant.

Ron réagit aussitôt.

– Ça suffit ! cria-t-il. (Il était vert de rage.) J'en ai assez d'écouter ces sornettes ! Fichons le camp d'ici ! Ils enverront une équipe d'exterminateurs !

– Partons, Wendy. Je t'en supplie, ajouta Libb.

– D'accord. Allons-y.

Ils remontèrent les couloirs d'un bon pas ; Ron fermait les rangs. Au détour d'un tunnel, ils aperçurent enfin le réservoir. Imperceptiblement, ils ralentirent l'allure. Libb fut la première à distinguer le petit cercle de lumière là-bas au loin.

– C'est la bouche d'égout par laquelle on est entrées !

Ils pressèrent le pas.

Ils étaient au pied de l'échelle lorsqu'un cri suraigu retentit dans la semi-pénombre.

– Détendez-vous ! C'est le début d'un long séjour !

Ils se retournèrent. L'alligator, le nœud coulant pendant mollement à son cou, se tenait de l'autre côté du réservoir, sur la plate-forme d'un poste de contrôle du système d'écluses. Il était cramponné au gros volant qui commandait l'ouverture et la fermeture des portes du grand bassin.

Aussitôt, les parois se mirent à vibrer. Puis il y eut comme un formidable roulement de tonnerre.

Des torrents d'eau s'abattirent sur eux.

23

Keri lâcha la torche et s'accrocha aux montants de l'échelle ; Wendy s'amarra à la ceinture du jean de son amie. Les eaux furieuses battaient contre ses jambes. Elle lutta pour garder l'équilibre. Ron et Libb n'eurent pas autant de chance : ils furent emportés et elle les perdit de vue.

Bientôt, elles furent soulevées du sol. En une fraction de seconde, elles eurent la tête sous l'eau.

Keri lâcha l'échelle et elles tourbillonnèrent tels des bouchons dans le courant. Très vite, Wendy sentit son dos toucher la voûte du plafond.

Puis, aussi soudainement que l'eau était montée, le niveau décrut brutalement. Elles se sentirent aspirées vers le bas, comme si elles étaient avalées par un gigantesque aspirateur.

Enfin, Wendy sentit que la marée s'était stabilisée. Elle sortit la tête de l'eau en hoquetant.

Les sous-sols étaient plongés dans un noir d'encre et il y régnait un silence total. Elle ne savait ni où elle se trouvait précisément ni où étaient ses amis. Elle s'apprêtait à les appeler lorsque sa hanche cogna un angle droit.

Ce devait être le muret du réservoir. Ils avaient dû être entraînés à travers tout le premier tunnel !

À tâtons, elle vérifia son intuition. Rapidement, elle se hissa sur la coursive. Pantelante, elle resta assise là un moment à reprendre son souffle puis elle appela dans l'obscurité :

– Ke-ri ? Libb ? Ron ? Où êtes-vous ? Répondez !

Soudain, une lumière aveuglante jaillit dans les souterrains. Éblouie, elle plissa les paupières. À travers le voile scintillant formé par la vapeur d'eau, elle distingua l'alligator. Il se tenait sur la plate-forme, la patte posée sur un gros interrupteur rouge. Libb était à deux pas de lui, suspendue au rebord de la plate-forme. La pauvre oscillait comme un pendule au-dessus des eaux bouillonnantes et ne se doutait pas que le monstre se trouvait si près.

Keri était adossée au mur sur la coursive ; elle peinait à reprendre son souffle. Quant à Ron, Wendy le chercha vainement.

Soudain, l'alligator s'aperçut de la présence de Libb ; il se précipita sur elle.

– PLONGE ! hurla Wendy. Il arrive !

Mais Libb était trop terrorisée pour envisager cette solution. Ce n'est qu'en voyant les terribles mâchoires surgir au-dessus de sa tête qu'elle consentit à lâcher prise et à tomber dans le bouillon infâme. Péniblement, elle commença à nager vers Wendy.

L'alligator plongea et, contournant Libb, avança directement sur Wendy. D'un bond, il atterrit sur la coursive.

Maintenant, ils se faisaient face.

La bête secoua la tête, puis, comme pour mieux prendre son élan, recula d'un pas. Wendy ferma les yeux et se prépara à être mangée toute crue.

Elle entendit un rugissement. Et ensuite ce cri :

– Viens donc te frotter à moi, sale bête !

Médusée, Wendy vit Ron surgir de nulle part et empoigner le reptile par la queue.

La bête fit volte-face. Au mépris du danger, Ron s'appuya contre le mur et planta un violent coup de pied dans l'œil de l'alligator, qui se replia sous le choc. Mais la bête revint aussitôt à la charge et, d'un bond, elle attrapa Ron par un pan de sa chemise. Le pauvre se retrouva au-dessus du réservoir, moulinant des bras et des jambes.

— Je vais finir par regretter d'avoir inclus un épicier dans la légende, gronda l'alligator. Mais je ne te laisserai pas interférer ! L'histoire doit se dérouler exactement comme prévu.

Sitôt ces paroles prononcées, un éclair se fit dans l'esprit de Wendy.

— Keri ! Essaie de sortir ! Va chercher de l'aide !

Keri ne se le fit pas dire deux fois. Elle détala comme une flèche.

L'alligator lâcha Ron et se lança à sa poursuite.

24

Il faut aller aider Keri ! Elle n'a aucune chance de s'en tirer ! cria Libb en se hissant sur le rebord.

— Laissez-moi passer devant ! commanda Ron.

La marée de tout à l'heure avait gorgé d'eau les murs et le sol. Une brume épaisse envahissait les lieux. Le ruisseau s'était transformé en un petit torrent charriant de nombreux détritus. Ils progressèrent rapidement, les nerfs à fleur de peau, sursautant chaque fois qu'une boîte de soda ou un quelconque déchet en métal étincelait brutalement sous l'éclairage cru.

Soudain, ils entendirent un cri.

— Il l'a attrapée ! hurla Wendy.

En déboulant dans la dernière ligne droite, ils aperçurent au loin les contours flous de cette scène : Keri accrochée d'une main à l'échelle, la gueule de l'alliga-

tor béante à quelques centimètres de son bras gesti-
culant.

— Vite ! supplia Wendy.

— Tiens bon, Keri ! On arrive ! hurla Libb, les larmes
aux yeux.

— Elle ne sortira pas d'ici ! ricana l'alligator. Et vous
non plus ! La légende sera écrite à *ma* façon !

Wendy bondit ; en la voyant voler au secours de son
amie, l'alligator éclata de rire et se tourna vers elle.
Sans même un cri, il allongea une patte à la vitesse de
l'éclair et la saisit par la ceinture de son jean. De
l'autre, il attrapa Keri et entraîna les deux filles avec lui
dans le ruisseau.

— Ron, je vous en supplie ! Faites quelque chose,
Ron ! cria Libb.

N'écoutant que son courage, il se glissa dans l'eau.

— N'approchez pas ! Sinon, je les emmène très loin
et vous ne les reverrez jamais !

Il s'immobilisa.

— À toi de courir, Libb ! Vas-y ! hurla Wendy qui
gigotait comme un beau diable.

— Si j'étais toi, je resterais tranquille ! tonna l'alligator.

Libb s'immobilisa.

— Je suis invincible ! continua la bête. Et vous, vous

servez parfaitement mes projets ! Votre contribution va rendre la fin de la légende absolument... merveilleuse !

Wendy cessa de se démener : la solution était à sa portée. Au milieu du flot de détritus, elle avisa une boîte de soda. Tendant les bras aussi loin qu'elle put, elle tenta de s'en emparer. Mais ses doigts ne firent qu'effleurer le métal. La prochaine tentative fut la bonne. Elle saisit deux boîtes puis, se tordant comme un ver, parvint à se retourner et à les fourrer dans la gueule ouverte du reptile.

Il fit de drôles de bruits de gorge et lâcha les filles.

Keri remonta prestement sur le bord tandis que, sous le regard incrédule de ses camarades, Wendy restait dans l'eau.

L'alligator toussait et crachait. Finalement, une boîte remonta de sa gueule, mais il claqua malencontreusement les mâchoires et la boîte se ficha dans ses crocs. Le liquide explosa. Un flot de bulles pétilla dans sa gorge, le faisant cracher et tousser de plus belle.

Dans un sursaut, le monstre avança sur Wendy.

– Toi, tu vas... payer ! menaça-t-il en gargouillant.

Un couvercle de poubelle passait par là ; elle s'en empara et dressa devant elle son bouclier dérisoire. La gueule de l'alligator s'abattit dessus avec une force terrifiante. Wendy but la tasse.

Elle refit surface en hoquetant.

Le couvercle disparut au fil de l'eau.

L'alligator éclata d'un rire sinistre qui se répercuta sous les voûtes.

Alors qu'elle croyait sa dernière heure arrivée, Wendy entendit Ron hurler. Du coin de l'œil, elle le vit plonger à plat ventre dans l'eau.

– Tiens ! Wendy ! Attrape !

Il lui tendit une grosse branche de bois noueuse. La main de Wendy s'en empara. Sans avoir véritablement conscience de ce qu'elle faisait, elle ficha le pieu dans la gueule du monstre.

Le reptile commença à tourner follement sur lui-même.

Puis il fit face à Wendy :

– Pitié ! J'ai... tant... d'histoires... à... à... raconter !

Wendy sentit son cœur se serrer. Mais il fallait tuer le monstre avant qu'il ne les tue.

Soudain, elle eut une idée. Les Pop Rocks ! Elle fouilla dans ses poches. Avec un peu de chance, le sachet n'aurait pas pris l'eau. Les yeux plissés, en état de concentration intense, elle lança les Pop Rocks dans la gueule ouverte de l'alligator, puis elle rejoignit ses camarades au sec.

La gorge de la bête se mit à bouillonner. Puis sa peau

se distendit en claquant. Le cou de l'animal enfla d'un coup. Ses yeux virèrent au rouge et grossirent comme des balles de tennis. Du fond de sa gueule parvenait un drôle de grésillement, comme si les chairs étaient en train de frire. Des bonbons jaillirent en pétaradant.

En proie à d'horribles souffrances, l'alligator se tordait en tous sens.

— Partons ! Vite ! hurla Ron. Il va éclater.

Ils n'eurent pas le temps d'atteindre l'échelle. Une formidable détonation retentit. Le corps du reptile explosa en une multitude de paquets de chair qui constellèrent les murs.

— Quelle horreur ! souffla Libb.

— Viens, on s'en va ! marmonna Wendy.

— Re... regardez, balbutia Keri. Il y a encore quelque chose qui bouge dans l'eau !

Ils plissèrent les paupières.

Ils se regardèrent tous, stupéfaits. Mme Gaddy émergeait du ruisseau !

— S'il vous plaît ? Pourriez-vous m'aider ?

Après quelques secondes de silence, tel un automate, Ron alla lui tendre une main.

La vieille dame s'ébroua.

— Qu'est-ce qui s'est passé ? C'est très curieux, non ? demanda-t-elle à Wendy.

Le visage de celle-ci s'éclaira.

– C'est fini, madame Gaddy. Tout va bien. Venez, nous allons vous raccompagner chez vous.

Lentement, ils remontèrent l'échelle. Lorsqu'ils furent à l'air libre, Ron remit soigneusement la plaque à sa place.

D'un pas vif, le sourire aux lèvres, Mme Gaddy se dirigea droit vers sa maison, les invitant à venir boire une limonade. Du haut de sa véranda, ils regardèrent un moment les voitures rouler au-dessus de la bouche d'égout qui, l'espace de quelques heures, avait abrité la légende la plus poignante de l'histoire de Fairfield.

25

Deux semaines plus tard

J e ne comprends toujours pas comment des bonbons ont pu le faire exploser, disait Andy Goble.

Wendy aspira une gorgée de limonade, reposa son verre et secoua la tête. Jusque-là, Andy avait écouté toutes les histoires qu'elle lui avait racontées sans argumenter. Pourquoi se refusait-il à croire que c'était précisément sa passion pour les légendes qui avait permis à Wendy de sauver sa peau et de rendre une vieille dame heureuse ?

– C'est à cause de la légende au sujet de cet enfant trop gourmand qui va voler des bonbons dans les magasins parce que sa mère ne veut plus lui en acheter. Un jour, il avale un sachet entier de Pop Rocks. Comme les cristaux lui grattent la gorge, il boit une bouteille de Coca d'un coup. Aussitôt, les bonbons éclatent dans sa gorge et les gaz libérés se mêlent à ceux du Coca et c'est... une catastrophe. Il étouffe.

— Mais l'alligator n'a pas étouffé. Il a explosé !

— Eh bien, c'est comme ça ! C'est ce qui est merveilleux avec les légendes : on peut les raconter à sa façon.

Andy soupira, dubitatif. Il venait de s'installer à Fairfield et, en quelques semaines, il avait entendu tellement de rumeurs concernant les phénomènes les plus fous !

— Mais comment savais-tu que les bonbons tueraient la petite fille malheureuse et qu'elle redeviendrait une gentille vieille dame ?

Wendy sourit.

— Je n'en étais pas sûre. J'ai juste pensé que ça lui ferait du bien de retrouver un bon souvenir de son enfance.

Andy médita ces paroles.

— Et qu'avez-vous dit au shérif Drake ? demanda-t-il enfin.

— Ron m'a disculpée et il a été facile de prouver que Libb aurait été bien incapable de manipuler des serpents. Quant à Keri, le shérif a abandonné ses poursuites après que Mme Glower eut pris sur le fait le type en limousine. Cet escroc aimait trop l'argent ! Tu parles ! Avec le nombre de nains qu'elle a, il n'a pas résisté à la tentation de revenir sur les lieux.

Andy hocha la tête.

– Mais je ne comprends pas pourquoi tu ne racontes pas cette histoire dans un livre !

– Personne ne me croira... murmura Wendy.

Elle songea à ses amies qui avaient partagé cette expérience extraordinaire. Et à la vieille dame réconciliée avec elle-même, qui ne se souvenait de rien.

Un doux soleil de fin d'après-midi baignait la rue. Wendy se leva et tira Andy par la manche.

– Allez, viens ! Allons nous promener !

– Bonne idée ! J'irais bien m'acheter une glace !

– D'accord ! Je t'emmène à l'*Épicerie centrale* ! Les glaces sont excellentes !

Ils marchèrent lentement à travers les rues de Fairfield.

À un moment, Andy rompit le silence :

– Wendy ? Tu ne veux vraiment pas me dire comment s'appelait cette vieille dame ?

– Chut ! C'est un secret !

Andy comprit qu'il serait inutile d'insister.

PARANORMAL

Ils passèrent devant la véranda de Mme Gaddy. Une troupe de collégiens étaient assis au pied du rocking-chair.

Wendy et Mme Gaddy échangèrent un petit salut amical.

À PROPOS DE L'AUTEUR

Johnny Ray BARNES Jr. naît en 1970 sous les étoiles de la Caroline du Sud. Il manifeste très tôt une avidité hors du commun pour les histoires de fantômes, de monstres et d'extraterrestres. Mais après avoir tout lu, il lui faut à son tour inventer les légendes du monde moderne pour rassasier son énorme appétit. Lorsqu'il rencontre Marty M. ENGLE à un cours de 3D à l'Art Institute d'Atlanta, sa passion pour l'horreur et la science-fiction trouve un complice. Les deux cerveaux créatifs décident de ne faire qu'un pour produire les histoires étranges dont ils sont si friands et qu'ils signent alternativement du nom de l'un ou de l'autre.

PARANORMAL 8

Le motard sans tête

Sur le pont, le motard emballait sa machine.

Brutalement, il cabra sa moto, bondit jusqu'à la route sur la roue arrière et fonça sur l'Anglais, pleins gaz. Celui-ci ajusta son arme pour tirer. Au moment précis où il allait déclencher la détente, le motard arracha brusquement son casque. L'Anglais savait, pourtant il chancela sous le coup d'une horreur indicible : le motard n'avait pas de tête !

SPOOKSVILLE™

Une ville qui mérite bien son nom

de
CHRISTOPHER PIKE

Publié par

POCKET
jeunesse

— DÉCOUVRE AUSSI —

FROID DANS LE DOS

Des histoires à vous couper le souffle

de
Betsy Haynes

Publié par

POCKET
jeunesse

Cet ouvrage a été réalisé par la
SOCIÉTÉ NOUVELLE FIRMIN-DIDOT
Mesnil-sur-l'Estrée
pour le compte de Pocket Jeunesse
en juin 1998

 - 12, avenue d'Italie - 75627 Paris Cedex 13
Tél. : 01-44-16-05-00

Imprimé en France
Dépôt légal : juin 1998
N° d'impression : 41930